kremayr
scheriau

ROMINA PLESCHKO

OFFENE GEWÄSSER

ROMAN

KREMAYR & SCHERIAU

für Mutzini

– »Das ist zwecklos«, hat die junge Ärztin gemeint.
»Rache ist zwecklos. Ihr müsst euren Kampf organisieren, Genossinnen, mit politischem Kampf gewinnt man, aber nicht mit Rache.«
– »Wer denkt denn hier an Vergeltung«, haben wir gesagt.
»Nein, wir wollen bloß ein politisches Zeichen setzen.«
Den Abend drauf brach unten in der Stadt ein Brand aus.

(*Nur Kinder, Küche, Kirche,*
Franca Rame und Dario Fo)

LIEBSTATT

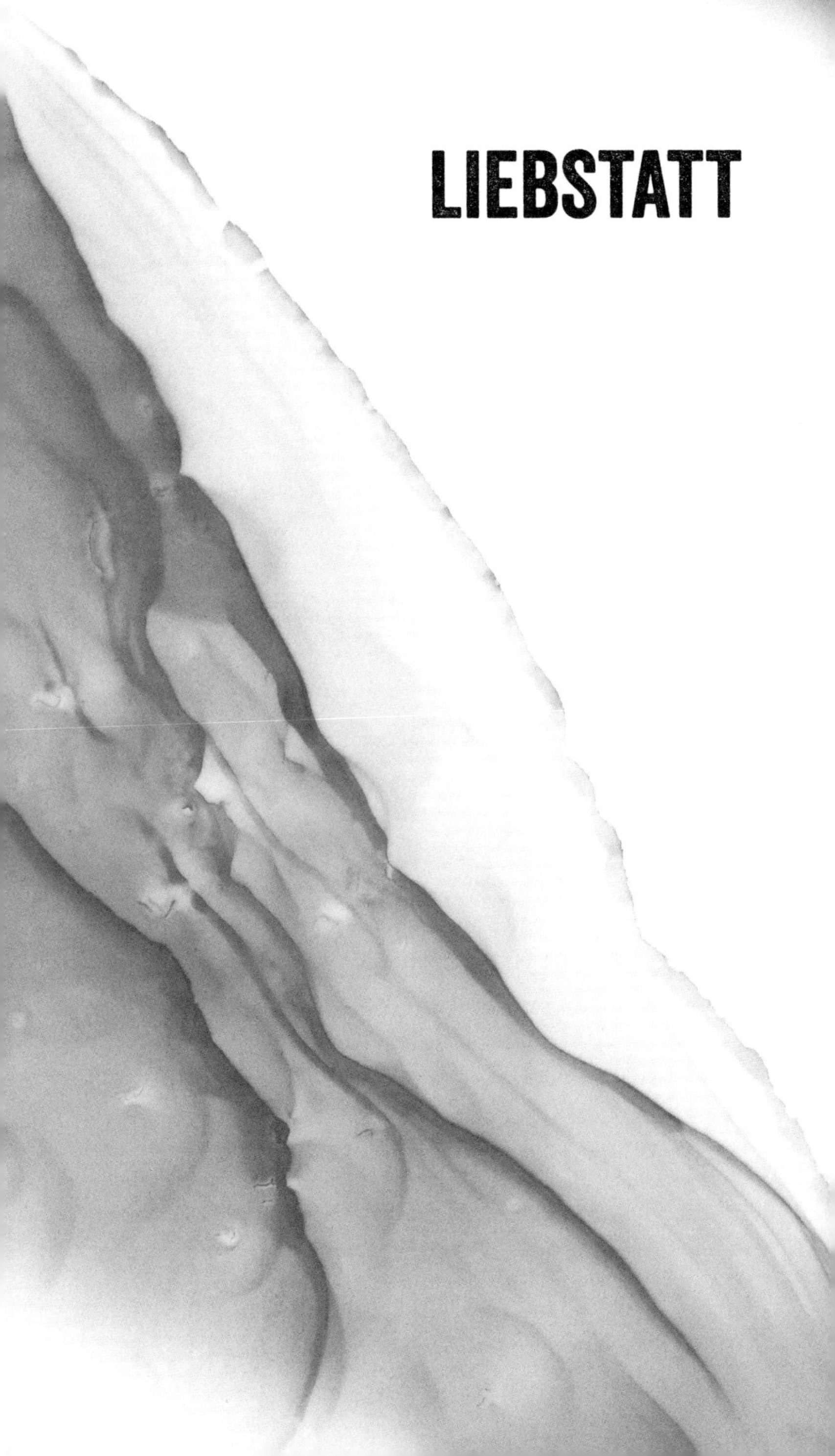

Etwas Gesellschaft wäre nett gewesen, also stahl ich ein Hühnerei aus unserem Einkaufskorb, bettete es in Watte und bat meine Schulfreundin Kathrin, heimlich ihrer Mutter die Rotlichttherapielampe gegen Depressionen zu entwenden. Kathrins sich daraufhin rapide verschlechternde Familiensituation nahm ich in Kauf, ich war bereit, selbst Mutter zu werden, rundum fasziniert von der behaglichen Vorstellung, dass sich ein Küken komplett auf mich prägen könnte. Lieber wäre mir zwar eine Krähe gewesen, eine Krähe würde mehr nach meinem Ebenbild kommen und sähe auch besonders verwegen aus auf der Schulter, aber ich hatte keine Möglichkeit, an ein Gelege zu kommen, mein kleiner Wuchs erlaubte mir nur eingeschränkt, auf Bäumen nach Nestern zu suchen. Hühnereier standen außerdem quasi frei zur Adoption, ich hätte ungern im Baumwipfel gegen eine erboste Krähenmutter gekämpft, mit dem gestohlenen Ei in der Hosentasche.

Nach einigen Tagen fast durchgängiger Rotlichtbestrahlung unter meinem Bett begann das Ei zu stinken und ich ahnte schon, dass meine Mutterschaft unter keinem guten Stern stand, wartete aber trotzdem, bis die Großmutter das Brutarrangement fand und ausgiebig mit mir schimpfte. Ob ich denn blöd sei und nicht wisse, dass Eier aus dem Supermarkt unbefruchtet waren, schrie sie mir dermaßen in Rage ins Gesicht, dass meine Stirnfransen sanft nach links und rechts zur Seite wehten. Das war tatsächlich eine neue Information, musste ich mir zu meiner Schande eingestehen. Über die Lebensumstände der genetischen Vorfahren meines Nachwuchses hatte ich mir keine Gedanken gemacht, alle bisherigen Tagträume fokussierten ausschließlich auf ein flauschiges Wesen, das mir auf ein zart hingehauchtes mütterliches Piepsen hin in die hohle Hand hüpfte.

Die Großmutter warf das übelriechende Ei samt seiner Behausung, einer mit Wattebäuschen ausgekleideten Tupperdose für die sommerliche Essigwurst im Freibad, in den Müll und verlangte 50 Schilling als Ersatz für die Dose von mir.

Den Wunsch nach Gesellschaft jedoch gab ich niemals auf. Kurz danach, endlich ein Stück gewachsen, fing ich an, bereits geschlüpfte Vogelbabys aus ihren Nestern zu entwenden, um das wohl aussichtslose und zudem auch kostspielige Unterfangen des Selbstbrütens zu umgehen. Unser verwinkelt gebautes Wohnhaus beherbergte im Sommer einige Schwalben- und Bachstelzenfamilien in immer denselben Nestern, die jedes Frühjahr routiniert von einem anderen Vogelpaar in Stand gesetzt wurden. Ich hatte in den Sommerferien nichts zu tun und schlenderte mehrmals wöchentlich an der Außenfassade entlang, die Haushaltsleiter und einen Besen unter die schmächtigen Ärmchen geklemmt, offiziell auf der Jagd nach den unzähligen Spinnweben, die Großmutter hasste das Gefühl, eingewoben zu werden in ihrem Lebensraum. Traf ich dabei auf die Frau des Vermieters, war sie so entzückt von meinem hausmeisterlichen Eifer, dass sie mich reich mit Süßigkeiten belohnte.

»Ja was machst du denn da, Elfi, du Fleißige? Schon wieder auf Spinnenjagd?«, fragte sie dann. Ich konnte an ihrem Gesichtsausdruck sehen, dass sie hin- und hergerissen war zwischen der Liebe zu ihrem Besitz und der in ihrer Welt völlig organischen Geringschätzung meiner Existenz als elternlosem Bastard. Mein Äußeres unterschied sich gravierend von dem ihrer Enkelinnen, meine Frisur glich mehr den Vogelnestern, die ich zu überfallen gedachte, und sie legte großen Wert auf ein gepflegtes Aussehen, das wiederum meinte ich an den perlmuttlackierten Fingernägeln zu erkennen. »Exakt. Ich hasse Spinnweben, die verschandeln die schöne Fassade!«, antwortete ich und hatte gewonnen.

Jemand, der die Instandhaltung einer Immobilie so zu schätzen wusste wie sie selbst, der konnte nicht schlecht sein, und gute Arbeitskräfte waren ja ohnehin schwer zu bekommen, da vermochte es die Frau des Vermieters durchaus, über Äußerlichkeiten hinwegzusehen. Sofort griff sie in ihre Handtasche, um meine Leistung in Schokoladentalern auszuzahlen, einer nutzlosen Währung, die sie aber offenbar für originell hielt. Die harte goldene Alufolie schnitt mir beim Auspacken jedes Mal unter die Fingernägel und der eindimensionale Fettgeschmack der Industrieschokolade entschädigte dafür nicht im Geringsten. Schleimig legte sie sich auf Zunge und Gaumen, beeinträchtigte eine präzise Aussprache und ließ den Speichel auf der Stelle bräunlich verschlacken.

»Es ist nicht alles Gold, was glänzt«, hätte ich der Frau des Vermieters gern mitgeteilt, aber ich hatte eng definierte Grenzen für die eigene Naseweisheit und hätte außerdem dabei gespuckt, daher gab ich mich gewöhnlich mit einem überzogen jovialen Dank, sozusagen auf Augenhöhe unter Geschäftsleuten, zufrieden.

Bald nach meiner Ankunft bei der Großmutter hatte ich intuitiv verstanden, wie man die Dinge hier in Liebstatt regelte, die österreichische Provinz funktionierte wenig überraschend ganz anders als das Heimleben in Stuttgart, man maß den unangenehmen Wahrheiten weitaus weniger Bedeutung zu, auch wenn sie einem auf der Zunge lagen.

Die Auswahl des aktuellen Objekts meiner vagabundierenden Liebe traf ich nach zwei Kriterien: Erstens bevorzugte ich Bachstelzen aufgrund ihres kontrastreichen Gefieders und zweitens reduzierte ich Nester gern auf eine gerade Anzahl an Nachkommen. Ungerade Zahlen verursachten nur gemeine Allianzen gegen den einen Übrigbleibenden, diesbezüglich hatte ich schon einschlägige Erfahrungen gesammelt. Die Vogelbabys waren meist noch durchsichtig, früh vergreiste winzige Wesen gänzlich ohne Fähigkeiten, ich konnte die Nahrung in Zeitlupe durch ihre rosigen Körper wandern sehen, wenn ich ihnen mit einer Pinzette etwas Katzenfutter verabreicht hatte. Dazu musste ich die noch weichen Schnäbel vorsichtig an der Spitze aufhebeln, keines meiner Babys hatte einen gesunden Appetit und sperrte den Schnabel von selbst auf. Auch konnte mein Mutterstolz nicht über die omnipräsente Unattraktivität der Schützlinge hinwegtäuschen, nackte Vogelkinder sahen mit ihren Blähbäuchen und der sporadischen Befiederung alle aus wie die deutschen Touristen auf den Campingplätzen am See von Liebstatt, deswegen taufte ich sie Volker, Thorsten oder Ulf, immer ging ich von männlichen Küken aus. Ich variierte auch die Zusammensetzung der Geschwister, zog sie im Duo oder Trio auf, damit sie nicht an Einsamkeit außerhalb des Nestes zugrunde gingen, aber es setzte mich unter schier unerträglichen Stress, wenn sie der Reihe nach verstarben. Die Hoffnung heftete sich als klebriges Konzentrat an die Verbliebenen, immer verzweifelter, umso lethargischer sie wurden. Kein Einziges überlebte trotz sich stetig verbessernder Kenntnisse der Brutpflege (schnell tauschte ich die spitze Pinzette gegen eine stumpfe), der Geruch ihrer rasant einsetzenden Verwesung prägte sich für alle Ewigkeit ein, in der Kopfnote voll penetranter Süße, die einen jedoch durch die unterschwellig stechende Säuerlichkeit sofort unruhig machte.

Oft wachte ich morgens auf und roch den Vogeltod, bevor ich überhaupt die Augen aufgeschlagen hatte, ließ ihn einsickern in mein Bewusstsein, atmete wiederholt tief in den Bauch ein und aus, um nicht gleich die Fassung zu verlieren. Ein unumgänglicher Ritus zugunsten meiner inneren Stabilität, der Tod war niemals etwas anderes als eine Frage der Zeit, das musste man sich regelmäßig in Erinnerung rufen.

Bald entwickelte ich eine traurige Routine auf dem Sektor der Vogelbestattung, sammelte im Freibad Holzstiele von Eislutschern für Grabkreuze, lernte die Grundlagen der Kalligrafie für deren Beschriftung. Die Sinnsprüche mussten platzbedingt prägnant ausfallen, mein Favorit war »Wir sind nur Gast auf Erden«, eine schmucklose Tatsache von bestechender Aufrichtigkeit. Ich begrub die Vögel, eingewickelt in ein Taschentuch und witterungsgeschützt in die Plastikhülle der Taschentuchverpackung gepackt wie in einem kleinen himmelblauen Schlafsack mit dem Kopf nach oben, unter der Himbeerhecke am Gartenzaun und steckte die Grabkreuze uneinsehbar hinter die Zaunlatten auf das Nachbargrundstück. Die Frau des Vermieters nahm es sehr genau mit der regelmäßigen Inspektion ihres Gartens und wäre mir sonst sofort auf die Schliche gekommen.

Natürlich hätte ich auch ältere Vögel aus den Nestern entwenden können, diese wären zumindest physisch schon über die gröbsten Hürden hinweggewesen, aber ich machte mir Sorgen um deren Bindungsvermögen, außerdem fürchtete ich mich vor ihrer Unberechenbarkeit, wenn sie unkontrolliert flatterten und erste Flugversuche starteten. So viel Arbeit, Liebe, selbstlose Hingabe – und dann pickt einem das undankbare Balg zum Abschied noch die Augen aus, bevor es zur wahren Familie zurückfliegt. Mein Herz pochte allein bei der Vorstellung dieser emotionalen Belastung, zur nötigen Selbstaufgabe als integralem Hauptbestandteil der klassischen Mutterschaft hatte ich keinen intuitiven Zugang, es sollte schon etwas dabei herausschauen, fand ich.

Nur ein Mal wurde meine Sehnsucht nach einem Haustier gestillt, ich durfte mir ohne Vorankündigung ein Katzenbaby aussuchen und kann bis heute nicht glauben, dass das wirklich passiert ist, erscheint mir diese Episode rückblickend doch eher wie ein Fiebertraum. Wir waren zu Besuch auf einem Bauernhof im Nachbarort und die Großmutter, befreundet mit der Altbäuerin, ließ sich spontan zur Aufnahme eines ansonsten dem Tod geweihten Katzenkindes überreden, eine reine Laune, eventuell dem an diesem Nachmittag ausgiebigen Konsum von Zirbenschnaps geschuldet, aber nichtsdestotrotz die schönste, die sie jemals hatte.

Also ging ich mit der Bäuerin, an die ich mich aufgrund der immensen Aufregung nur schemenhaft erinnere, in den Heustadl, zügig und ohne mich umzudrehen, vor lauter Angst, dass mir die Großmutter ihre Meinungsänderung nachrufen könnte, und griff beherzt in eine mit alten Decken ausgelegte Kartoffelkiste, um ein Kätzchen nach dem anderen zu inspizieren. Ich küsste sie selig, dem Wahnsinn nahe, wusste überhaupt nicht mehr, was meine Muskulatur anstellte, es hätte sein können, dass ich dabei sabberte und eines der Kleinen vor Überschwang zerquetschte bei diesem unbekannten Anfall intensiver Liebesgefühle. Es roch nach Heu, Urin und Unschuld, wenn ich meine Nase an ihnen rieb, einem wundervollen olfaktorischen Dreigestirn.

Der Auserwählte wurde ein Kater, ich blieb meiner tierischen Geschlechterpräferenz treu, schwarz mit weißen Vorderpfoten. Er drapierte seinen entzückend winzigen Stuhlgang am liebsten in kleinen Portionen auf den Fliesen im Vorzimmer und schrie die Nächte durch, wenn ich ihn bei mir im Schlafzimmer einsperrte und mit Nachdruck dazu bringen wollte, still in meinen zerkratzten Armen zu liegen. »Ruhig Katzinger, ruhig, ich tu dir nichts.« Ich liebte ihn und ich glaube, in ihm hätte sich ebenfalls irgendwann ein stabiles Fundament für die angemessene innerfamiliäre Gefühlserwiderung aufgebaut, aber noch bevor es dazu kam, wurde er, nach nur sieben Wochen in meiner Obhut, von einer Vespa überfahren und achtlos in den Straßengraben vor unserer Einfahrt gelegt, über Nacht eingefroren in einer grotesken Verrenkung, die mir einige Albträume bescherte. Die Nachbarn hatten den Unfallhergang beobachtet, verschwiegen mir als Zugezogener aber den Namen des Mopedlenkers, was mich rasend machte, ich wollte dem Mörder ein Gesicht geben in meiner Vorstellung, meine Rachefantasien konkret adressieren. Gemessen an dem beharrlichen Schweigen hatte ich den Sohn des Betonwerkbesitzers im Verdacht, dieser besaß nämlich zusätzlich zur Vespa auch die unantastbare Loyalität der Liebstätter Bevölkerung, sicherte sein Vater doch trotz regelmäßiger Insolvenzverschleppungen ein Fünftel der Arbeitsplätze im Ort, aber ich konnte die Katzentötung leider nie beweisen, zu deutlich spürte ich die Grenzen meiner Stellung in der Stadt.

An diesem schrecklichen Morgen hatte ich zu allem Überfluss auch noch eine Mathematikschularbeit und nutzte die Gelegenheit, um öffentlich zu weinen, da ich weder den Tod noch derart diffizile Beispiele zur Prozentrechnung vorhergesehen hatte. Mein Lehrer war überfordert von so viel Drama, aber gleichzeitig voller Mitleid. Junge Mädchen, die um Kätzchen trauern, eigentlich eine berechenbare Größe an einer katholischen Privatschule. Später traf er die Großmutter beim Einkaufen und fragte nach, welch schlauer Mann, ob tatsächlich ein Haustiertodesfall zu betrauern war. Auf die Schularbeit bekam ich mein erstes und letztes »Befriedigend« und ich beschloss, mein Herz in Zukunft ausschließlich an emotional ungeübte Wissenschaftler zu vergeben.

Den Verlust meines Haustieres konnte ich lange nicht überwinden, verzweifelt klammerte ich mich an dieses unwirkliche kurze Glück der Vergangenheit und bestellte ohne großmütterliche Autorisierung ein Kätzchen aus dem Frühlingswurf der Bauernhofkatze meiner Klassenkollegin Lisi, die mir Wochen später tatsächlich ein dem verstorbenen täuschend ähnliches Katzenkind auf dem Parkplatz vor der Schule überreichte. Ich schmuggelte es in meinem Handarbeitskoffer, in den ich ein paar Luftlöcher mit einer Stricknadel gebohrt hatte, im Schulbus nachhause, tunkte es am Heimweg in den Bach neben unserem Grundstück, zerraufte mein Haar (ich hätte wissen müssen, dass das eine Nummer zu viel war) und schilderte der Großmutter unter Tränen die vermeintliche Rettungsaktion des vermeintlich verlassenen Kätzchens. Welch Wunder, dass es aussah wie mein kürzlich verstorbenes! Ein Zeichen! Durfte man einen derart deutlichen Wink des Schicksals ignorieren?

Die Großmutter glaubte mir keine Sekunde lang, war aber beeindruckt von meiner Gabe zur Improvisation. Dennoch fiel ihre Reaktion anders aus, als ich erwartet hatte. Ich solle das Kätzchen am nächsten Tag wieder zurückbringen, befahl sie mir erstaunlich ruhig. Den Rest des Tages, ich war nach der Scham über die Enttarnung dieser Scharade schnell wieder mutig geworden, jammerte und bettelte ich vergeblich, sie war nicht zu erweichen. Die Schande bei der Rückgabe führte zu einem Bruch der Freundschaft zwischen Lisi und mir, obwohl sie es nicht direkt ausformulierte, machte sie mich doch verantwortlich für das nun endgültig fixierte Schicksal des Katzenbabys. Ein Haustier bekam ich nie mehr, auch wenn ich hartnäckig blieb, die Großmutter hatte mit diesem Thema abgeschlossen.

Ich verursachte Aufwand genug in den zwei Jahren, die ich schon bei ihr in Liebstatt am See lebte, das überschaubare Gehalt als Mitarbeiterin im Konsum Supermarkt reichte bei Weitem nicht, um uns beiden den gewünschten Lebensstandard zu ermöglichen. Die Großmutter träumte von echten Pelzen und echten Perlenketten, einer gut gefüllten Schmuckschatulle oder wenigstens von einer vorzeigbaren Enkelin, aber schon als Baby sei ich unansehnlich gewesen, in einem herausragenden Ausmaß, ganzkörperbehaart bis auf eine Mönchstonsur, lang und dünn wie ein Wurm und obendrein schielend. Ein Wesen, dessen Physiognomie verzweifelt versuchte, jegliche Aufmerksamkeit von ihm fernzuhalten und dabei so hoffnungslos übertrieb, dass sich einfach nur die Art der Beachtung änderte, bedauerlicherweise aber nicht zur Gänze ausblieb. Bei den raren Gelegenheiten, zu denen mich die Großmutter in Deutschland besucht hatte, sei sie immer entsetzt gewesen, wie wenig entzückend ein kleines Menschlein sein könne. Auch hätte ich meine optischen Defizite nicht durch ein einnehmendes Wesen zu kompensieren vermocht, im Gegenteil, jedes Mal, wenn sie sich über den Kinderwagen gebeugt habe, hätte ich unverzüglich angefangen, das Gesicht zu verziehen und zu wimmern. Gott sei Dank hätte ich mich etwas gemausert, meinte sie versöhnlich zum Abschluss der während meiner Anfangszeit in Liebstatt fast jeden Abend wortgleich stattfindenden Nacherzählung unserer frühen Begegnungen. Jetzt müsse ich nur noch diesen grauen Unterton in meiner Haarfarbe loswerden, das sei wirklich die freudloseste Schattierung von Braun, die sie sich vorstellen könne.

Die Großmutter hatte mich einige Monate nach dem Prozess gegen meine Eltern mit dem Taxi aus Stuttgart direkt zu ihrer Wohnung in Liebstatt bringen lassen, das Kinderheim war einverstanden gewesen, ich bildete mir sogar ein, etwas wie Erleichterung bei meinen beiden Betreuerinnen zu spüren, als sie mich mit einer Sporttasche, in der sich zwei Hosen, vier T-Shirts, zusammengesammelte Unterwäsche, die zum Großteil gar nicht mir gehörte, und meine Papiere befanden, auf den Rücksitz des alten Mercedes setzten. Eigene Unterwäsche und fremde Papiere wären mir lieber gewesen, ich war so wund, ich hätte jede Identität dankend angenommen, die auch nur den geringsten Abstand zu meiner eigenen Lebensrealität verheißen hätte.

Die Verabschiedung verlief distanziert, ich schmiegte mich noch in einem Anfall von kindlicher Sentimentalität an den ausladenden Busen der etwas freundlicheren Betreuerin, zog aber meinen Kopf sofort zurück, als sie sich versteifte. Auf der fünfstündigen Fahrt ohne Pause entdeckte ich in Ermangelung anderer Beschäftigungen meine große Liebe zu Nikotin, denn der Taxifahrer rauchte Kette und lüftete nur spärlich, er blieb aber standhaft und spendierte mir keine Zigarette, nicht einmal einen winzigen Zug, obwohl ich ihn bei jedem Autokennzeichen, das ein »Z« enthielt, danach fragte. Meine Augen tränten von den dichten Rauchschwaden und vielen Gefühlen, eine entlastend beliebige Mischung, wie ich fand. Gefühle, die in Rauch aufgehen, transportiert durch Tränen fragwürdiger Herkunft.

Ich hatte das Kinderheim gemocht, ich schätzte seine Ereignislosigkeit, die immer gleichen Strukturen und die gedeckten Farben des Interieurs, aber die Großmutter war entsetzt gewesen bei ihrem einzigen Besuch und hatte auf der Stelle geschworen, mich hier rauszuholen, damit ich nicht ins Milieu abrutschte, mit einem strengen Seitenblick auf meine beiden Zimmerkolleginnen, die beim Wort »Milieu« dümmlich kicherten.

Noch auf der Fahrt nach Liebstatt am See beschloss ich, alsbald mit dem Rauchen anzufangen und nie wieder damit aufzuhören, das Rauchen einfach als Religionsersatz zu betrachten, mit dem nötigen Ernst und einer aufrichtigen Hingabe. Ich wollte eine Art Ritual entwickeln, bei dem ich mit dem Rauch gleichzeitig auch alle schlechten Gedanken loswurde, sie nach tiefer Inhalation einfach hinausschicken aus meinem Körper, leichter werdend. Im Kopf ging ich alle mir bekannten Zigarettenmarken durch und war mit keiner zufrieden, »Milde Sorte« erschien mir als zu inkonsequent, am Ende schwankte ich immer noch zwischen »Lucky Strike« und »Roth Händle«, final entscheiden wollte ich mich erst nach einer zeitnahen Verkostung. Es beruhigte mich, einen Plan zu entwerfen, wie ich in der mir bis dato nur von sporadischen Kurzbesuchen bekannten österreichischen Provinz an Zigaretten kommen könnte, in Stuttgart wäre das kein Problem gewesen, ich hätte nur meine Zimmerkolleginnen fragen müssen.

Die beiden waren etwas älter als ich gewesen, seit Jahren im Heim und immer diensteifrig bereit, mich mit Illegalem zu versorgen, auch Ungewolltem, wie beispielsweise alten Pornozeitschriften aus den Cafés in der Stadt. Ich betrachtete die Bilder in den widerwärtig abgegriffenen Heften mit neutralem Schutzumschlag aus dünnem Karton aus reiner Höflichkeit, mit geradem Rücken auf der Stuhlkante sitzend, und konzentrierte mich darauf, ruhig weiterzuatmen und bei Sinnen zu bleiben, während die Luft immer schneller um mich herumkreiselte.

Der Taxifahrer fing gar nicht erst ein Gespräch mit mir an, was ich zu schätzen wusste, ich hätte ohnehin die halbe Konversation verhustet. Ich studierte seinen Nacken genauer als irgendetwas sonst in meinem bisherigen Leben, stundenlang schaute ich auf die zwei kleinen Hautfalten in seinem Nackenspeck, borstig graumeliert behaart, die Haarschneidemaschine hatte nicht alles gleichmäßig erwischt, an den drei Haarlängen konnte man die Schneidefrequenz (ungefähr alle vier Wochen) errechnen. Einige Haarfollikel waren gar entzündet, rötliche Herde, von denen strahlenförmige, unregelmäßige Kratzspuren wegführten. Um auch weiterhin nicht gestört zu werden, rutschte ich an den Rand der Rückbank und sank so ein, dass die Kopfstütze des Vordersitzes genau mein Gesicht verdeckte und ich nur teilweise durch den Rückspiegel zu sehen war.

Im Nachhinein hätte ich gern ein Foto gehabt von diesem Taxifahrer, meinem Fährmann Charon, und gewusst, was er nach diesem Auftrag seiner Familie, falls existent, erzählt hatte. Eine Taxifahrt in dieser Größenordnung konnte nicht alltäglich für ihn gewesen sein, inklusive Grenzübertritt und dem damals noch damit verbundenen Aufwand, die Rechnung musste horrend ausfallen, es hätte mich zudem interessiert, was ihm von der Heimleitung über mich berichtet worden war, aber es schien beinahe so, als hätte er Angst vor mir, sein Blick blieb immer starr auf die Straße oder kurz auf den Aschenbecher gerichtet. Es dauerte eine Zeit, bis ich verstand, warum die meisten Erwachsenen besser nicht allzu viel mit mir zu tun haben wollten, und es war ihnen eigentlich auch nicht zu verübeln. Daher musste ich mir seine Vorderansicht zur Gänze imaginieren, meine Fantasie war bedauerlicherweise nicht zu mehr fähig als leicht abgewandelten Varianten des Grundtypus Vitus Mostdipf aus den *Oberösterreichischen Nachrichten*, der einzigen Tageszeitung, die meine Eltern in Deutschland gelesen hatten. Ein Start ins Leben wie eine Karikatur.

Die Großmutter machte es mir nach meiner Ankunft so angenehm wie möglich. Ich bewunderte, mit welcher Geduld sie meinen zahlreich geäußerten Wünschen rasch und kommentarlos nachkam, wir beide wussten unausgesprochen, dass diese Phase auch zeitnah wieder zu einem Ende finden würde, zu wenig entsprach jene Dienstbarkeit ihrem eigentlichen Naturell, ein imponierender Kraftakt für die Großmutter, weshalb ich noch eine Spur dankbarer war. Sie kochte mir täglich so viele weiche Eier, wie ich essen konnte, und beschwerte sich nicht über meine Maßlosigkeit. Im Heim hatte es nur sonntags ein Ei gegeben, und immer mit einem grünlich durchgekochten Dotter, was ich zutiefst verabscheute, mich aber nicht davon abhielt, jedes Wochenende erneut simultan zum Abschlagen der Eierspitze auch meine Hoffnung auf Perfektion mit zu köpfen. Ich habe ja nichts zu verlieren, dachte ich dann, wer weiß, vielleicht hatte ich eines Tages ja endlich dieses Glück, von dem mir andere immer erzählten.

Der Eidotter musste goldgelb sein, umgeben von festem Eiweiß, ich wollte gierig mit einem in Streifen geschnittenen Toastbrot hineinstechen und die cremige Flüssigkeit auftunken, bevor sie stockte, nur unterbrochen vom manischen Nachsalzen bei jedem einzelnen Bissen. Die Großmutter beherrschte das Eierkochen perfekt, eine viel zu oft unterschätzte Könnerschaft, ich selbst brauchte Jahre, um mir diese Fertigkeit anzueignen, die Eigenheiten unterschiedlich großer Eier und des Kochvorgangs richtig abzuschätzen.

Auch meinen Drang nach produktiver Arbeit mit messbaren Ergebnissen wusste sie gut zu lenken, gemeinsam säten wir Erdäpfelhälften in den Balkonkästen, ich pflegte sie mit Hingabe, und im Spätsommer ernteten wir jede Menge Erdäpfel, so klein, dass sich weder das Schälen noch das Zerteilen mit dem Messer lohnten. Sie schmeckten himmlisch, ordentlich gebuttert. Seit dieser Erfahrung habe ich eine unauslöschliche Vorliebe für Miniaturlebensmittel, sie rühren mich allesamt in ihrer Winzigkeit.

Außerdem durfte ich die kostbaren Glasfiguren der Großmutter aus der Vitrine nehmen und sie vorsichtig abstauben, ja ich schaffte es sogar, keine dabei kaputtzumachen. Sie sammelte Katzen in allen Stilen und Größen, filigran mundgeblasen oder grobschlächtig aus einem Stück gefertigt, ich liebte diese Sammlung von Anfang an, ihre Existenz nährte fälschlicherweise meine Hoffnung, die Großmutter irgendwann doch noch von einer echten Katze zu überzeugen. Ich prägte mir ihre Anordnung in der Vitrine gut ein, um keine Fehler beim Wiedereinsortieren zu machen.

Gemeinsam legten wir Klebefallen für die Ameisen in der Küche aus, die diese geschickt umgingen, was mich jeden Morgen bei der Kontrolle verärgerte. Die sporadisch festgeklebten Insektenleichen verursachten mir ein schlechtes Gewissen, da ich dazu neigte, Einzelschicksale überzubewerten. Wir redeten nicht viel, über Stuttgart oder den Prozess sprachen wir nicht, schon gar nicht über meine Eltern, ich mochte die Idee von zwei verschiedenen Welten, denen es unmöglich gemacht wurde, sich zu vermischen, solange man nicht selbst unvorsichtigerweise einen Anlass dazu bot. Die Lust, meine Vergangenheit mit Worten zu perforieren wie die Eidotter, war überschaubar, auch die Großmutter schwieg diesbezüglich.

Lieber führte sie mich durch das Ortszentrum, das mir mit seiner optischen Idylle sofort zu Herzen ging. Liebstatt war ein Traum von süßer Klebrigkeit, dabei sauber bis in alle Ritzen, sogar die Brunnenfigur auf dem Stadtplatz wurde regelmäßig mit einem Hochdruckreiniger zum Glänzen gebracht, alle Stadtbewohner grüßten sich freundlich auf der Straße, zumindest alle anderen, wenn auch nur selten jemand die Großmutter und mich. Zu Beginn siegte jedoch regelmäßig die Neugierde, dann stellten mir einzelne Stadtbewohner seltsame Fragen, die ich allesamt ebenso seltsam beantwortete.

»Na, wohnst du jetzt hier bei deiner Oma?«

»Sicher.«

»Ist schon schön hier, das Fleckerl, oder?«

»Sicher.«

Die Gespräche kamen nicht wirklich in Fluss, aber das war ich von Erwachsenen gewöhnt, die meisten vermochten ja schon kaum mit dem eigenen Nachwuchs zu kommunizieren, ohne in unerträgliche Falsettstimmen zu fallen.

Ich konzentrierte mich fürs Erste ausschließlich auf die landschaftlichen Gegebenheiten, in dieser Hinsicht hatte Liebstatt wirklich viel zu bieten, da konnte man ohne Weiteres über die sprachlichen Unbedarftheiten der Bevölkerung hinwegsehen.

Die scharfkantigen Berge säumten einen dunkelgrünen See, von dessen Trinkwasserqualität ich mich bei jedem Spaziergang aufs Neue versichern musste. Das Wasser schmeckte nach nichts, wenn man einen Schluck davon nahm, nur kalt, das fand ich immer wieder erstaunlich, eigentlich erwartete ich eine geschmackliche Prägung durch die Natur, etwa nach Schlamm, Algen oder gar latent nach Fisch, was mich auch nicht weiter gestört hätte. An der Promenade hielten wir uns nie so lange auf, wie ich es wünschte, um kleine hässliche Muscheln von Steinen zu kratzen oder Baumrinden als Schiffchen segeln zu lassen, viel zu fortgeschritten war die Gewöhnung der Großmutter an die Schönheiten der Region, sie zog es ins Innere des Ortes.

Die Schaufenster der Geschäfte bestachen durch ausgeklügelte Dekorationen, regelmäßig saisonal verändert, mir schoss jedes Mal das Glück in den Rumpf, ganz schwindelig wurde mir, wenn ich bemerkte, dass sich die Auslagen seit dem letzten Spaziergang verändert hatten. Die Großmutter und ich konnten ewig an den Fensterfronten vorbeischlendern, ich machte mir Wunschlisten voller Spielsachen, indem ich mit dem Zeigefinger auf das Schaufensterglas tippte wie in eine Kasse. Das will ich, das auch und das, das, das. Sie machte sich ebenfalls Wunschlisten voller Perlenschmuck und geschnitzten Kamee-Broschen aus Elfenbein, sie tippte zwar nicht, aber ich konnte es an ihren Augen sehen, unsere Eintracht war kurz und herrlich, abgelenkt durch potenzielle Konsumgelegenheiten gönnten wir uns diese willkommenen Verschnaufpausen von der Realität und ihren zahlreichen logistischen Widrigkeiten.

Denn vorerst hatte die Großmutter werktags keine andere Möglichkeit, als mich mit an ihre Arbeitsstelle in den örtlichen Supermarkt zu nehmen, da am Ende des laufenden Schuljahres kein Schulplatz mehr für mich zu bekommen war. Ich fügte mich dort entgegen ihren Erwartungen sofort gut ein, als wäre ich wie geschaffen für den Lebensmittelhandel, meine einzige Aufgabe bestand hauptsächlich darin, möglichst unsichtbar und vor allem unhörbar zu sein, oft sortierte ich hinten im Lager die Trockenwaren nach Ablaufdatum oder entwirrte Faschingsschlangen und Weihnachtsgirlanden in den Kisten für die saisonale Dekoration. Ich dürfe niemanden stören oder gar von seiner Arbeit abhalten, das schärfte mir die Großmutter täglich aufs Neue ein, sonst sei die Abmachung mit der Filialleitung hinfällig und ich müsse den ganzen Tag unbeaufsichtigt in der Wohnung verbringen – eine Drohung, die ich ernst nahm, ich fühlte mich bei Weitem noch nicht bereit für kulinarische Autonomie, meine Selbstversorgungskompetenz endete bei Butterbroten, und auch das nur, wenn die Brotscheiben schon vorgeschnitten waren. Außerdem nahm meine Fantasie überhand, musste ich irgendwo zu lange allein ausharren, der knarzende Fußboden wurde dann plötzlich ebenso zur Bedrohung wie die von den Möbeln geworfenen Schatten, es war nicht unüblich, dass in solchen Situationen eine kraftraubende Lähmung einsetzte, mir kalter Schweiß die Kleidung durchnässte und ich es nicht einmal schaffte, auf die Toilette zu gehen, sondern von mir selbst immer distanzierter den Moment abwartete, in dem meine Blase dem Druck nicht mehr standhalten konnte. Also bemühte ich mich, den Anforderungen der Großmutter zu entsprechen, und konnte in meiner rasch erlernten Unsichtbarkeit nicht umhin, die Gespräche der Mitarbeiter in ihren Pausen zu belauschen, und hoffte immer, dass der Ladendetektiv einen neuen Fall zu berichten wusste. Er war die mit Abstand interessanteste Person im Supermarkt, ein optisch unauffälliger Mann, der nur aufblühte, wenn er jemanden des Diebstahls überführen konnte.

Meine Lieblingsgeschichte war die vom Tiefkühldieb, einem alten Witwer aus dem Nachbarort, offenbar geistig verwirrt, der bis zum Bezahlvorgang erfolgreich eine Packung Tiefkühlcremespinat unter seinem Altherrenhut versteckt hatte, aber schlussendlich an der Kassiererin scheiterte, welche die Preise seiner zur

Tarnung legal gekauften Waren derart langsam in die Kassa tippte, dass der Eisklotz auf seinem unbehaarten Oberkopf zu einer Ohnmacht führte, aus der ihm ein peinliches Erwachen bevorstand. Er bekam Hausverbot, aber in Anbetracht seines mitleiderregenden Allgemeinzustandes nach der Verwitwung sah man von einer Anzeige ab. Ich übte danach wochenlang heimlich, ebenfalls eine Ohnmacht herbeizuführen, indem ich mir Tiefkühlware unter ein Baseballkäppi packte, hatte aber nie Erfolg, da mein dichtes Haar offenbar eine zu gute Dämmfunktion abgab.

Damit die Großmutter ungestört in die Pause gehen konnte, musste ich über Mittag immer ein kleines Nickerchen machen, auf einer Arztliege von der Art, über die normalerweise aus hygienischen Gründen eine Bahn kratziges Papier gezogen wurde, ich habe bis heute keine Ahnung, was die im Lager des Supermarktes zu suchen hatte. Es gab dort viele Dinge, die Fragen aufwarfen, weil sie im Alltag eines Lebensmittelgeschäfts unbrauchbar waren, wie eben diese Arztliege, diverse Schaufensterpuppen oder eine Kiste voll venezianischer Masken mit gerupftem Federnsaum. Das Lager als solches machte mir schon wirklich Angst, dazu hätte es keinerlei gruseliges Zubehör bedurft, ich musste in eine komplette Starre fallen, um zum einen nicht von der Liege zu rutschen und mich zum anderen an die derangierten Schaufensterpuppen zu assimilieren, die vereinzelt herumstanden, keine von ihnen mit vollständigen Körperteilen.

Ich wollte in diesem Szenario nicht durch unbedachte Bewegungen auf mich aufmerksam machen, wollte vermeiden, die Puppen zum Leben zu erwecken, und studierte dazu eine flache Atmung ein, die mich meist auch tatsächlich einschlafen ließ. Wenn ich nach kurzer Zeit erwachte, immer durchgeschwitzt an dem beigen Kunstleder klebend, eine der unangenehmsten Körperempfindungen überhaupt, schon in der allerersten Orientierung wieder von reinster Angst getrieben, dann glitt ich möglichst geräuschlos von der Liege, rannte so schnell ich konnte zum Ausgang, hängte mich mit meinem ganzen Gewicht an die Klinke der schweren Lagertür, zog mit aller Kraft und schlüpfte hinaus in den Gang, sobald der Spalt weit genug erschien, nicht selten stieß ich mir dabei blaue Flecken an der Hüfte. Ich schaute nicht zurück, beeilte mich, als hinge mein Leben davon ab, als würden die Puppen mir einbeinig nachhüpfen, um mich einhändig zu erwürgen.

Die Atmung stellte ich ein, bis ich auf der anderen Seite der Tür angelangt war, eine Art Neuverhandlung der Realität, ich war lange überzeugt davon, dass man beim Luftanhalten die Zeit mit anhalten konnte, vorausgesetzt man war die einzige Person im Raum. Nur die Einsamkeit verlieh einem die Macht dieser kurzfristigen Manipulation, man konnte minimale Zeitkorrekturen vornehmen, wann immer es auf ein paar Sekunden ankam, daran wollte ich fest glauben.

War die erste Hürde endlich geschafft, atmete ich tief ein, noch war ich nicht am Ziel, nicht im herrlich grellen Neonlicht der Verkaufshalle angekommen, dem Licht der Wahrhaftigkeit, das jedes Äderchen auf den Nasen der Mitmenschen gnadenlos sichtbar machte, noch wurde ich nicht warm eingehüllt in den kalmierenden Schutzmantel der immer gleichen Angebotsdurchsagen. Zwei zum Preis von einem, ein schlichter Kniff der psychologischen Konsumkriegsführung, aber wirksam wie sonst nichts, zu schön war das Gefühl eines kleinen Sieges, eines Sieges über die eigenen finanziellen Möglichkeiten, ja vielleicht in letzter Konsequenz sogar über die Vergänglichkeit. Bei Sonderangeboten stellt sich auch heute noch eine tiefe Entspannung ein bei mir, eine Win-win-Situation für mich allein, ich spare einen halben Euro und fühle mich in Sicherheit, als wackere Einzelkämpferin, gut beschützt vor den maßlosen Verlockungen des Einzelhandels, ich habe dann die Welt im Griff, nicht sie mich.

In freudiger Erwartung der Verkaufsfläche schlich ich den markant nach verdorbenem Gemüse riechenden Gang entlang bis zu einer Weggabelung, blickte vorsichtig um die Ecke, ob Andreas, der Wagerlschieber, gerade dabei war, die Einkaufswagen in den dunklen Schacht direkt vor der letzten Tür zur Verkaufshalle zu sortieren. Traf dies zu, wartete ich, bis er wieder nach draußen ging, ich wollte ihn nicht treffen, wegen seiner wässrigen Augen, stark vergrößert hinter einer dicken Brille, und seiner lauten, zu hohen Stimme. Andreas war von Geburt an geistig behindert, Sauerstoffmangel in der Austreibungsphase, ein trauriges, wenn auch nicht seltenes Schicksal in der Region, das Bezirkskrankenhaus hatte lange Zeit einen zweifelhaften Ruf auf dem Geburtssektor, bevor man die Station nach einigen ungeklärten Todesfällen schloss und die Frauenheilkunde zur Gänze in die nächstgelegene Bezirkshauptstadt auslagerte. Es war ein offenes Geheimnis, dass Andreas nur im Supermarkt beschäftigt wurde, weil sein Vater bei der Gendarmerie arbeitete und in zuverlässiger Regelmäßigkeit ein Auge zudrückte bei Alkolenkern aus dem Umfeld der Filialleitung.

Ich hasste es, wie Andreas mit den Frauen im Konsum umging, im Gegensatz zu den anderen Mitarbeitern machte er sich nämlich überhaupt keine Mühe, seine hormonellen Bedürfnisse mit irgendwelchen auch nur ungelenken Umgangsformen zu kaschieren. Seine Geilheit klatschte ungebremst und wahllos auf jeden Frauenkörper, der sich ihm länger als ein paar Sekunden zuwandte, was zur Folge hatte, dass alle weiblichen Angestellten nicht mehr als höchstens ein paar karge Grußworte mit ihm austauschten. Einmal hatte er sich sogar in der Mittagspause eine Hure aus dem Puff nahe der Autobahnauffahrt zum Hausbesuch in den Konsum bestellt, der Frau war die Adresse jedoch verdächtig vorgekommen und nach einem kurzen Gespräch mit dem Filialleiter blieb es bei einer lustigen Anekdote, Andreas bekam von da an auch keinen unbeaufsichtigten Zugang zum Telefon mehr. Ihm wollte ich auf keinen Fall allein begegnen, mein Nervenkostüm hätte auf der Stelle versagt und es wäre zu einem Aufruhr von der Art gekommen, die ich seit Stuttgart unter allen Umständen vermeiden wollte.

Nach dem Einkaufswagenschacht hatte ich es endlich geschafft, ich durfte nur nicht hineinsehen in diese zugige Dunkelheit, musste mit dem Blick nach vorne gerichtet, immer nach vorne, nie zurück, die letzte Tür öffnen, das leise Klirren aneinanderschwingender Metallstreben der Einkaufswagenpolonaise ignorieren und glücklich eintauchen in die Welt des Konsums, direkt neben der Wursttheke, meiner heißgeliebten Rettungsinsel, noch mit verstrubbelten Haaren vom Mittagsschlaf. Ich inhalierte den kalten Fleischgeruch der Schweine, Rinder, Puten, Hühner, Enten, Lämmer,

Hasen und Forellen. Der Supermarkt war außergewöhnlich gut sortiert im Bereich Feinkost, vor Silvester gab es sogar Garnelen in Cocktailsoße, um die ich jedes Jahr aufs Neue herumschlich, mich aber nicht traute, eine davon zu probieren.

Mein nachmittägliches Erscheinen wurde zumeist mit großer Freude bemerkt, man reichte mir sofort einzelne Scheiben verschiedener Wurstsorten, gerollt aufgespießt auf einen Zweizack, über die Theke, ich lutschte daran, bevorzugt an Extrawurst, deren feucht glänzende Oberfläche in Rosa fälschlicherweise einen gewissen Grad der Erfrischung suggerierte, genau das Richtige für mich aufgewühlte kleine Person mit schweißnassem Nackenhaar.

Auf der täglichen Suche nach der Großmutter, die aufgrund ihrer wunderschönen Handschrift unter anderem für das Gestalten der Angebotsplakate zuständig war und sich immer in unterschiedlichen Abteilungen aufhielt, kam ich auch in der Obstabteilung vorbei, die angebotenen Früchte von Obst-Gitti nahm ich aus reiner Höflichkeit entgegen, Obst-Gitti war, ihrem einfallslosen Spitznamen zum Trotz, eine Seele von Mensch und stets auf meiner Seite, wenn die Großmutter einen ihrer gefürchteten »Das hält wenigstens lange«-Kurzhaarschnitte an mir verbrochen hatte. Ich mochte sie nicht enttäuschen und ihr gestehen, dass ich mir überhaupt nichts aus Obst machte, zu wässrig fand ich es, zu saftig, meistens auch zu sauer. Also nagte ich freundlich an einer holzigen Birne oder wurmigen Zwetschke und beantwortete ihre harmlosen Fragen zu meinem kindlichen Alltagsleben, bevor ich das restliche Obst im Müllraum entsorgte, immer tief genug vergraben unter Kartons, damit sie auf keinen

Fall die Gelegenheit bekam, mit meiner Undankbarkeit konfrontiert zu werden.

Die tiefe Verbundenheit mit Supermärkten habe ich nie wieder verloren, sie blieben ein Zuhause für mich in der ihnen unvergleichbaren Sachlichkeit, ich stelle mir die Lagerräume hinter den Kulissen vor, es riecht dort wie früher nach nassem Karton und welkem Blattgrün, manchmal auch nach Bier, wenn zufällig eine der Türen in die Hinterwelt aufgeht, während ich in der Nähe bin, im Neonlicht auf der Suche nach Konservenfisch. In diesen seltenen Momenten bleibe ich einfach stehen, so unauffällig wie möglich, um diesen Geruch einzusaugen, vielleicht sogar, um einen Blick auf den Betonboden und die Industrieregale zu werfen, bevor die Tür wieder zufällt und mich zurückwirft auf meinen Platz als Kundin. Niemand reicht mir mehr gerollte Wurstblätter, es scheint generell immer unüblicher zu werden, die meisten Kinder oder deren Mütter wehren das freundliche Angebot entsetzt ab. Nichts beschämt mich mehr als ausgeschlagene Gratiskostproben, mein Herz blutet, wenn ich der alten Welt beim Untergang zusehen muss.

Die Großmutter nutzte den ihr bis dato unzugänglichen gesellschaftlichen Sonderstatus eines Kindes regelmäßig dazu, sich durch meine Hilfe Zugang zu Gratiswaren aller Art zu verschaffen. Es schmerzte mich überraschend wenig, als ich herausfand, dass sie den Kinderfasching in der örtlichen Bezirkssporthalle nur mit mir gemeinsam besuchte, um sicherzustellen, dass ich bei den dort veranstalteten Spielen und Preisausschreiben eine vorher genau festgelegte Erfolgsquote nicht unterschritt. Zu ihrer Verteidigung muss ich sagen, dass die Gewinne auch wirklich verlockend waren, sämtliche Kaufleute Liebstatts übertrumpften sich bei solchen Gelegenheiten gegenseitig, es gab mit Speck und Kren gefüllte Riesenmohnflesserl genauso wie Trachtenhüte mit Gamsbart, Plüschtiere in Massen, aber auch Nützliches wie Kinokarten, Gutscheine für die Eislaufhalle oder den ortsansässigen Energetiker, einige Male wurde sogar ein Lenkbob bei der Tombola verlost, der plastikgewordene Wintertraum der hiesigen Jugend, den ich aber leider nie gewann.

Schon Wochen vorher musste ich im Hof einbeiniges Hüpfen trainieren und an der Teppichstange hängend meine Griffkraft verbessern, die Großmutter lehrte mich zudem, wie man bei Verlosungen mehr als einen Zettel mit seinem Namen einwerfen oder trotz verbundener Augen einen Spalt Tageslicht erschummeln konnte. Sie verband sie mir mit einem müffelnden Küchenhandtuch und kritisierte, wenn ich beim Ertasten verschiedener Gegenstände zu schnell zum richtigen Ergebnis kam. Man müsse den Prozess des Ertastens etwas auskosten, sonst mache man sich sofort der Schummelei verdächtig, meinte sie.

Meine Kostümierungen waren schlicht, um nicht zu sagen fast nicht vorhanden, ich hatte meist nur eine Clownsnase aufgesetzt oder ein übergroßes Hemd mit aufgenähten Stoffflicken an, um meine Bewegungsfreiheit bei den sportlichen Spielen nicht einzuschränken. Neidisch betrachtete ich die anderen Kinder, deren Verkleidungen auch als solche erkennbar waren, rein nach ihren Bedürfnissen zusammengestellte modische Gesamtkonzepte mit plüschigen Fellohren oder glasperlenbestickten Ellbogenhandschuhen, aber der Neid verpuffte spätestens, wenn die Großmutter und ich am Abend mit mehreren Säcken voller Gewinne nachhause zogen, denn nach einem solchen

Nachmittag in der Bezirkssporthalle war auch die allerschönste Prinzessin derangiert, die zahlreichen Preise jedoch machten nachhaltig Freude.

Der Weltspartag war unser zweiter Jahreshöhepunkt der Gratiswaren, schon Wochen vorher schlich sich eine produktive freudige Unruhe ein, wir spekulierten über die potenziellen Geschenke der aktuellen Saison, verglichen die Ausbeuten der vergangenen Jahre und entwarfen eine Strategie, wie ich mein Geld auf verschiedene Sparbüchsen verteilt unauffällig in den unterschiedlichen Filialen der Region einzahlen und eine passende Auswahl aus dem Geschenkesortiment abstauben könnte. Die Großmutter erläuterte mir dazu bei einer Tasse Pfefferminztee stundenlang ihre präzisen Vorstellungen. Ich persönlich mochte den Kinderfasching lieber, mir war es unangenehm, mit dem Filialleiter, der sich den Kundenkontakt an diesem Hohefest der Finanzwirtschaft nicht entgehen ließ, darüber zu debattieren, wozu ich einen Gemüsehobel oder das Brotschneidemesser benötigte und ob ich nicht lieber einen der entzückenden Minirucksäcke auswählen möchte. Aber nicht einmal deren ansprechende Neonfarben konnten mich überzeugen, ich hatte einen Auftrag zu erledigen und außerdem keine Ahnung, was ich in diesen lächerlich kleinen Rucksäcken überhaupt hätte transportieren sollen.

Hatte ich alles ergattert, was auf der Wunschliste der Großmutter stand, verbrachten wir den restlichen Tag zuhause, immer wieder mit großer Freude rekapitulierend, auf welch gefinkelte Art wir uns das System zurechtzubiegen vermochten. Das Brotschneidemesser gibt es beispielsweise noch immer, ich benutze es täglich.

Nachdem ich mich bei ihr eingelebt hatte, stellte mich die Großmutter der zweiten Hausbewohnerin vor, die im Obergeschoss unseres Mietshauses ein Zweizimmerappartement bewohnte. Frau Rosi und die Großmutter verband eine Hassliebe, an deren Analyse ich dauerhaft scheiterte, nie wusste man, wie die Lage gerade war, die Vorzeichen konnten sich sekündlich ändern. Frau Rosi kontrastierte die Großmutter in allem bis auf die verbindende Männerlosigkeit, aber wenigstens hatte sie selbst irgendwann einen gehabt, eine Tatsache, die Frau Rosi ihrer Nachbarin und meistens auch Freundin regelmäßig unterbreitete, um von ihr nicht immer als sozial tiefer stehend behandelt zu werden, darauf reagierte sie sehr empfindlich. Sie war konstant betrunken, äußerst pragmatisch mit Starkbier, und rauchte drei Schachteln täglich, meistens brannten mehrere Zigaretten gleichzeitig und verglühten zum Teil vergessen in den strategisch über die ganze Wohnung verteilten Aschenbechern. Ich konnte sie immer nur kurz besuchen, die Luft war so schlecht, dass ich aus dem Husten nicht mehr herauskam und jede Unterhaltung der Erwachsenen störte, außerdem hatte sie nur selten etwas Kindgerechtes zur Hand, beispielsweise einen Saft oder ein trockenes Keks. Ich hätte mich gern länger in ihrer Nähe aufgehalten, vergötterte und fürchtete gleichermaßen ihre schwarzen Augen hinter der Krankenkassenbrille und die kompromisslos blauschwarz gefärbten Haare um ihr außergewöhnlich faltiges Gesicht, schnappte aber ihre Lebensgeschichte immer nur partiell auf, aus besagten lungentechnischen Gründen.

Frau Rosi hatte drei Kinder mit einem Mann bekommen, der ihr am Tage seiner Frühpensionierung eröffnete, seinen Lebensabend nach reiflicher Überlegung und praxisorientierter Vorsondierung doch lieber mit der polnischen Zugehfrau verbringen zu wollen. Diese sei nicht nur überzeugte Nichtraucherin, sondern koche auch hervorragend, insbesondere die polnischen Teigtaschen hätten es ihm angetan. Frau Rosi hatte in diesem Moment verständlicherweise keinen Sinn für Kulinarik, ließ ihren Mann ohne Unterbrechung seine Ausführungen zu Ende bringen, während Stück für Stück beängstigende Erkenntnisse in ihr Bewusstsein drangen, beispielsweise, dass sie ohne sein Einverständnis keinen Zugriff auf das eheliche Bankkonto, ja überhaupt nur rudimentäre Kenntnisse ihrer gemeinsamen finanziellen Lage hatte.

Ihr Mann, regelrecht angespornt durch die für seine Frau ungewohnte aufmerksame Stille, lobte unterdessen das lebenstüchtige Gemüt der polnischen Frauen, keine Scheu hätten sie vor harter, körperlicher Arbeit, dabei aber Ansprüche, die in Österreich ohne Anstrengung zu erfüllen seien, die perfekte Basis für eine ausgewogene Beziehung, wie er abschließend befand. Er hatte sich in der gesamten Ehe nicht durch besondere Sensibilität hervorgetan, aber an jenem Tag hatte Frau Rosi, wie sie ohne Scheu zugeben konnte, wahrhaftige Mordgelüste, nicht nur locker dahingesagte.

Einmal saß ich schon seit sicherlich über einer Stunde unter dem Tisch, die Großmutter und Frau Rosi beschäftigten sich unterdessen ausgiebig mit Vergangenem, die Luft dort unten war um einiges besser, ich wurde durch das bodenlange Tischtuch isoliert von den überall in der Wohnküche hängenden Rauchschwaden. Grundsätzlich mochte ich den Geruch von Zigarettenrauch, aber Frau Rosis Suchtverhalten war dermaßen außer Kontrolle, dass mein Körper Abwehrreaktionen zeigte, die mir sehr peinlich waren.

Ich glaube, sie hatten mich vergessen, starr saß ich im Schneidersitz, meine Finger wanderten die gerillten Tischbeine auf und ab, während ich die Füße und Unterschenkel der beiden beobachtete. Frau Rosi klopfte mit den Fersen auf den Fußboden, alle Muskeln angespannt, und sprach im Detail darüber, wie sie einst kurz davor gewesen sei, ihren Mann zu töten. Sie sei im Kopf alle dafür tauglichen Gegenstände in Reichweite durchgegangen, eine eiskalte Inventur sozusagen, und habe mit Bedauern festgestellt, dass sich nur überraschend wenige dafür eigneten, wenn man ein garantiertes Ergebnis erzielen wolle. Nichts sei schlimmer als ein Mann mit Gehirnerschütterung und den darauffolgenden Konsequenzen, ihrer habe gern und viel geredet, sie wäre mit der intuitiv geplanten Verteidigungsstrategie »Notwehr« nicht weit gekommen. Er hätte sofort tot sein müssen, einen kräftigen Schlag der Befreiung hätte sie sich in ihrer Rage durchaus zugetraut, das Zustechen mit einem Küchenmesser eher nicht. Das seien allesamt billige Dinger gewesen, ein Hochzeitsgeschenk der geizigen, vielleicht im Nachhinein auch einfach nur umsichtigen Schwiegermutter, wahrscheinlich wären sie direkt abgebrochen beim ersten Kontakt mit einem Rippenknochen.

Außerdem sei ihr Mann dick gewesen, nicht ohne Grund fußte die Basis seiner neuen Liebe zu gut zwei Dritteln auf den besagten polnischen Teigtaschen, Frau Rosi habe die schützende Fettschicht an seinem Bauch auf mehrere Zentimeter geschätzt. Derart genau habe sie sich das in diesem Moment überlegt, auch sei es erstaunlich, wie ruhig sie durch die rasende Wut geworden sei, das hätte sie nie gedacht, erwarten würde man ja das Gegenteil. Aber ihr sei in dem Moment gewesen, als würde man mit so hoher Geschwindigkeit durch die eigenen Emotionen rasen, dass man das Gefühl hatte, in einer von Zeit und Raum getrennten Kapsel zu schweben und keiner der üblichen Gefahren mehr ausgesetzt zu sein. Beinahe ein gutes Gefühl, aber leider auch schnell wieder vorbei, als sie keinen geeigneten Gegenstand habe finden können, um dem auch körperlich Ausdruck zu verleihen. Ein rein zufälliger Ausgang dieser denkwürdigen Situation, ganz anders hätte es wohl geendet, hätten sie das Gespräch in der Garage neben seinem Werkzeugkoffer geführt oder im Schlafzimmer neben dem Nachtisch mit der Lampe, die auf einem soliden Marmorsockel gestanden habe.

Sie einigten sich schlussendlich auf einen kleinen Unterhalt und Frau Rosi zog in die Zweizimmerwohnung unterm Dach, sicherlich ein Glücksfall, sogenannte Junggesellenwohnungen bekam man in der Region kaum, aber ihr Mann war, wie der Zufall es wollte, seit seiner Jugend mit dem Vermieter befreundet. Ihre Kinder besuchten sie nur selten, die mittlere Tochter habe sogar die Unverfrorenheit besessen, ebenfalls von den verfluchten polnischen Teigtaschen zu schwärmen. »Kinder«, sagte Frau Rosi dann, »eine Plage vom Anfang bis zum Ende.«

Die Großmutter schwieg zu diesem Thema, wie ich fand auch aus stichhaltigen Gründen. Die Beine hielt sie doppelt umschlungen, als wären ihre Schienbeine aus Gummi. Frau Rosis Leben wirkte wie ein Mahnmal auf mich, sie hatte vermeintlich alles richtig gemacht, geheiratet, Kinder bekommen, und trotzdem saß sie jetzt tagelang rauchend in ihrer trostlosen Wohnküche, allein, die einzige Veränderung im Raum war die stetig steigende Anzahl der leeren Bierflaschen, jedes Verlassen der Wohnung wohlüberlegt wegen der andauernden Hüftschmerzen und ausnahmslos kombiniert mit einem Abstecher zur Altglastonne.

Ich legte ihr die Anschaffung eines Haustieres nahe, sie konnte Ansprache gut gebrauchen, ich selbst wäre auch bereit dazu gewesen, mich regelmäßig um das Tier zu kümmern, im Optimalfall um einen kleinen Kater. Leider konnte ich sie dafür nicht begeistern, der Gestank des Katzenklos sei ihr unerträglich, meinte sie und blies mir Rauch ins Gesicht. Ich nutzte den Kontakt zu ihr dann zumindest, um heimlich Zigaretten mitgehen zu lassen, sie rauchte »Ernte 23«, mit den orange verpackten Starkzigaretten musste ich mich wohl oder übel zufriedengeben, ein gänzlich illusionsloser Markenauftritt, ich persönlich hätte ja »Lucky Strike« eleganter gefunden, die sah ich auch öfter in Fernsehfilmen, »Ernte 23« bedauerlicherweise nie.

Die ersten Zigaretten rauchte ich auf der öffentlichen Toilette im Kurpark, damit ich mich gleich in die Kloschüssel übergeben konnte, wenn mein Kreislauf nachgab und mir übel wurde. Ich wollte niemandem Umstände bereiten mit meinem externalisierten Mageninhalt. Doch ich vertrug das Rauchen von Anfang an sehr gut und gewöhnte mich schnell daran, meine Lungen mit Rauch zu füllen und ihn stoßweise durch die Nase wieder herauszulassen wie ein Ungeheuer. Vernebelung als Grundzustand gefiel mir nach wie vor und bald fing ich an, mir die Zigaretten schachtelweise in der Trafik zu kaufen, im vermeintlichen Auftrag von Frau Rosi, wobei diese leicht zu entlarvende Schwindelei ohnehin niemanden dort interessierte, Hauptsache, man ließ nicht immer anschreiben.

Die fortwährende Suche nach Gesellschaft führte mich, für eine Stadt am See naheliegend, in den örtlichen Schwimmverein, in dem ich aufgrund meiner großen Füße und Hände schnell einen Sonderstatus genoss, da deren Wasserverdrängungspotenzial in der Tat beachtlich war. Ich kam im Wasser überraschend schnell voran, wie ich nach der ersten Trainingseinheit erfreut feststellte. Die Probewoche gefiel mir gut, das Liebstätter Freibad befand sich erst im Bau und sollte demnächst feierlich eröffnet werden, in Ermangelung eines eingelassenen Beckens trainierten wir noch im See, verteilt auf Bahnen, die zwischen zwei Stegen aufgespannt waren.

Das grüne Wasser blieb trotz Schwimmbrille undurchdringlich, alle Poren am Körper verschlossen sich auf der Stelle, sobald man eintauchte, und manchmal wurde ich von einer vereinzelten Wasserpflanze, die eigentlich erst viel weiter draußen bei ihren Artgenossen hätte wachsen sollen, am Bauch gekitzelt. In diesem Fall war sogar das laute Aufkreischen erlaubt, denn um schwimmend eine aus dem Nichts anstreifende Schlingpflanze ruhig zu ertragen, bedurfte es einer psychischen Verfassung, mit der kein einziges Kind aufwarten konnte.

Da ich aufgrund meines quasi nicht vorhandenen Körperfettes nach spätestens fünfzehn Minuten dunkelblau angelaufene Lippen hatte, egal wie schnell ich schwamm, dauerten diese ersten Schwimmeinheiten genau so kurz, dass sie mir die Liebe zum Wasser erhielten, es gelang dem Trainer nämlich nicht, bei meinem erbärmlich zitternden Anblick hart zu bleiben und weitere sportliche Leistungen einzufordern. Ich fand diese Art der Freizeitbeschäftigung und Kontaktaufnahme mit der Ortsbevölkerung nicht übel, das

Training im See erschien mir aufgrund der Temperaturen recht unverbindlich, doch kurz nachdem ich dem Verein offiziell beigetreten war, wurde das brandneue 50-Meter-Becken eröffnet, wohltemperiert, da solargeheizt. Der Bürgermeister höchstpersönlich war bei der Einweihung anwesend, sogar in Begleitung seiner Kinder, die zu vielfältigem Vereinsleben in Liebstatt am See gezwungen wurden, ob sie wollten oder nicht, und die mit finsteren Mienen hinter ihrem Vater standen bei den offiziellen Feierlichkeiten.

Ich besaß ein ausgeprägtes Talent für das Brustschwimmen und da man sich Talente nicht aussuchen kann, fügte ich mich und trainierte dreimal wöchentlich, wenn auch leidenschaftslos. Ich liebte das Wasser, genoss die Schwerelosigkeit und den angenehmen Druck auf der Haut, der im See um einiges stärker gewesen war als im weich gechlorten Poolwasser, verlor jedoch schnell die Konzentration, wenn ich ein striktes Programm zur Verbesserung meiner Technik abarbeiten musste. Wie befürchtet wurde mir im Becken viel langsamer kalt, die Lippen blieben hell- oder mittelblau und bei meinem Trainer reichte das nicht mehr aus für Nachsicht. Ich musste so lange schwimmen wie alle anderen und regelmäßig erfahren wie sehr sich 50 Meter in die Länge ziehen konnten. Immerhin vermied ich durch das häufige Training das Duschen zuhause, unser Badezimmer war meist ungeheizt, und ich hasste es, mich zitternd in ein klammes Handtuch zu wickeln und Stunden darauf zu warten, dass meine Haare trockneten, denn wir besaßen lange keinen Fön.

Ich hasste es auch, wenn die Großmutter mich frisierte, ich war der festen Überzeugung, dass jeder einzelne Bürstenstrich ausnahmslos ein kaltblütiger Racheakt war, ich hatte ihr an einem gemütlichen

Abend die Haare auf mehrere Rundbürsten aufgewickelt, leider nicht mit der nötigen Präzision, um sie danach auch wieder herauslösen zu können. Die Großmutter, ebenso abgelenkt wie ich von einem Fernsehbericht über die Inszenierung von *La Bohème* mit Luciano Pavarotti, einem »Mann von Format« und ihre heimliche großen Liebe, konnte nur unter Tränen ein Kopftuch anlegen und sich die hüftlange Haarpracht, auf die sie außerordentlich stolz gewesen war, beim Stadtfriseur auf die übliche Großmutterfrisur kürzen lassen.

Ich hatte sie Jahre ihres Lebens gekostet mit dieser Aktion und auch wenn sie mich mit dem Teppichklopfer dermaßen fest schlug, dass ich mich in der Garderobe vor dem Schwimmtraining ein paar Wochen lang mit dem Rücken zur Wand umziehen musste, weil sonst garantiert das Jugendamt verständigt worden wäre und meine blaugefleckte Hinteransicht dokumentiert hätte, konnte die Großmutter nie mit diesem unerwarteten Verlust abschließen. Jedes Kämmen meiner Haare war seitdem unnötig brutal, getrieben von einer offenbar zu lebhaften Erinnerung an die eigene verlorene Schönheit, und ich sammelte danach ausgerissene Haare aus der Bürste, an denen oft noch die Haarwurzeln hingen.

Nach einigen Monaten regelmäßigem Schwimmtraining erhielt ich endlich einen Vereinsjogginganzug und eine Vereinshaube, zusätzlich noch zwei mit dem Vereinslogo bestickte Badeanzüge, auf die ich besonders stolz war. Diese Art der Uniform trug ich gern, es beruhigte mich, wenn ich mich unauffällig in ein Heer aus fliederfarbenem Polyester einreihen konnte, das Rascheln der aneinanderreibenden Oberschenkel meiner Vereinskollegen als einzige Geräuschkulisse, wenn wir erschöpft von einem erfolglosen Wettkampf in Richtung Bus marschierten, einzig getragen von der vagen Hoffnung, auf der Heimfahrt an einem Fastfood-Restaurant haltzumachen.

Ich selbst war dürr und hatte keinen Busen, körperliche Merkmale, die mir bald den Spitznamen »Steckerlfisch« einbrachten. Noch Jahre später, wenn ich als erwachsene Person auf einen ehemaligen Kollegen aus dem Verein traf, begrüßte er mich unpassenderweise mit meinem alten Spitznamen, den »Steckerlfisch« wurde ich einfach nicht los. Mich störte es nicht weiter, kulinarisch schätzte ich diese regionale Besonderheit, schlicht und salzig, daran konnte nichts Schlechtes sein, zudem ich mich meiner Meinung nach wendig wie ein Fisch bewegte im Wasser, vielleicht wie eine Schratze, eine richtige Killerschratze, mit magerem, aber festem Fleisch, klein, unverwüstlich und zur Attacke bereit, selbst wenn die Lage aussichtslos erscheinen mochte.

Mein eigener dürftiger Körperbau hinderte mich jedoch nicht im Geringsten daran, alle männlichen Kollegenkörper im Detail zu studieren. Die engen Badehosen zeigten bei jeder Rollwende stilvoll, was der Tragende zu bieten hatte, insbesondere, wenn die stete Exposition im Chlorwasser für stoffliche Transparenz sorgte. Meine Partnersuche im Verein musste sich leider hauptsächlich auf die körperlichen Aspekte konzentrieren, da man über 50 Prozent der gemeinsamen Zeit unter Wasser verbrachte und dadurch die Kommunikation empfindlich eingeschränkt wurde. Rund um das Training war die Zeit knapp bemessen, die Duschen wurden nach Geschlecht getrennt, beim Haarefönen war es ein Ding der Unmöglichkeit, die

Lautstärke dauerhaft zu übertönen, um unverbindlich nach gemeinsamen Interessen zu forschen. So hatte ich mir das eigentlich nicht vorgestellt.

Es blieb mir nur die verhältnismäßig kurze Zeit im fahrlässig überfüllten Vereinsbus, ebenfalls suboptimal, da nach dem Training eine allgemeine Grunderschöpfung vorherrschte, die ich mit meinem Hang zu tiefschürfenden Gesprächen nur störte. Niemand hatte Lust, mit mir über die anstehenden Gemeinderatswahlen zu diskutieren, vor allem nicht die Kinder des Bürgermeisters, die ungerechterweise immer vorne beim Fahrer sitzen durften. Leider gab es auch keine schwimmenden jugendlichen Naturwissenschaftler im Verein, nur farblosen männlichen Nachwuchs für Bank und Büro, somit verlor ich schnell das Interesse an den vorhandenen potenziellen Partnern, was eventuell zu einem großen Teil daran lag, dass sich auch niemand für mich interessierte.

Meine sportliche Antriebslosigkeit war innerhalb kurzer Zeit stadtbekannt, kaum ein Training verging, ohne dass mir der entnervte Trainer seinen Badeschlapfen ins Becken hinterhergeschleudert hätte, wenn ich mich zwischendurch leblos auf dem Bauch treiben ließ, die Haare schlängelnd vor dem Gesicht wie Medusa, spielerisch den Tod vor Augen. Ich verweigerte prinzipiell die Rückgabe, so hatte er pro Training genau zwei Gelegenheiten, um einen cholerischen Anfall mit korrespondierender körperlicher Attacke zu bekommen. Irgendwann unterließ er es und akzeptierte, dass ich nicht bereit war, ohne Grund an meine körperlichen Grenzen zu gehen. Diesen dauernden Willen zur Grenzüberschreitung im Sport konnte ich nie nachvollziehen, im Gegenteil, ich fand, er war ein Ausdruck grundlegender Verzweiflung im

Angesicht der unvermeidbaren Tatsache, dass jeder einzelne Körper ohnehin früher oder später die relevanten Funktionen der Reihe nach einstellte.

»Wir werden alle sterben, keine Ausnahmen von dieser Regel!«, schrie ich, wenn die Gummihaube schon wieder mit einem vulgären Knall zerriss beim hektischen Überziehen und mir dabei auch noch den halben Schädel skalpierte, nur weil der Trainer drängelte und mich unter Stress setzte. Die Großmutter würde ihrem Unmut über meinen exorbitanten Badehaubenverschleiß zuhause deutlich (im schlimmsten Fall ebenfalls körperlich) Ausdruck verleihen, da erlaubte ich mir keine Illusionen, egal, was ich machte, ich konnte nur verlieren.

Der Trainer rollte daraufhin mit den Augen, schlappte bedrohlich auf mich zu, klatschte mehrmals laut in die Hände und schrie zurück: »Keine Faxen jetzt, Steckerlfisch! Zack, zack, zack, rein ins Becken, sonst schmeiß ich dich! Und zehn Längen Kraulbeine extra!« Ich fühlte mich wahrhaftig sehr unwohl in dieser Aura der aufgesetzten Unsterblichkeit, die dem Vereinssport künstlich anhaftete.

Die freizeitraubenden Wettschwimmen am Wochenende verabscheute ich mit Inbrunst und nutzte sie hauptsächlich dazu, heimlich die selbst gebackenen Mehlspeisen willfähriger Vereinsmütter in mich hineinzustopfen und schon im Vorlauf erbärmlich abzusaufen. Meistens musste man mich sogar wiederholt aufrufen für den Wettbewerb, ich hatte schnell gelernt, alle Ansagerstimmen auszublenden, um ungestört die opulente Kuchenwelt am Buffet zu genießen. Gut gemachte Raffaeloschnitten konnten mein Wochenende retten, wenngleich ich einmal im Eifer des wiederholten Aufrufes Kokosraspel in die Luftröhre bekam, hustend am Startblock stand und einen Fehlstart provozierte, weil ich dringend einen Schluck Wasser brauchte, und sei es nur gechlortes, um nicht in aller Öffentlichkeit zu ersticken.

Die ansonsten entzückende Frau des Trainers schrie mich danach vollkommen außer sich an und gab mir eine Tachtel auf den Hinterkopf, wahrscheinlich aber nur, weil ich ihre Ribiselschnitten ignoriert hatte. Geschmacksarmer, aber dafür latent schleimiger Eischnee, beim Verspeisen rasant zersetzt von der gnadenlosen Säure dieser harmlos wirkenden Beeren, es gab wenig Unappetitlicheres, das trotzdem das Privileg genoss, sich Süßspeise nennen zu dürfen.

Als mein Trainer mitten in der laufenden Saison ankündigte, dass wir in zwei Wochen zu den Europameisterschaften nach Wien fahren durften, war ich dementsprechend ungehalten. Diese Verlautbarung klang äußerst wichtig, auch für eine Bewegungspragmatikerin wie mich, und ich fand, er hätte unsere Teilnahme ruhig früher bekanntgeben können. Trotzdem war ich zu stolz, um genauer nachzufragen, im schlimmsten Fall erhöhte sich einfach nur das Arbeitsvolumen bei Nachfrage und ich hatte wahrlich keine Lust auf dringend notwendiges ergänzendes Krafttraining, jedoch stellte ich präventiv alle Faxen für die folgenden fünf Trainingseinheiten ein, das bedeutete keine ausgedehnten Klopausen unter der heißen Dusche mehr, kein lebloses Herumtreiben im Becken, keine plötzliche Bahnenzähldyskalkulie zuungunsten der Trainingsdistanz, ich schwamm nach Ansage und konzentrierte mich auf die Technik, denn mit Kraft konnte ich nicht punkten, im Gegenteil, meine Ärmchen wurden regelmäßig als Schwachstelle adressiert.

An besagtem Tag packte ich in stiller Aufregung (schließlich wurde das Fernsehen erwartet) meine Schwimmtasche, um während der Gespräche im eigens angemieteten Reisebus in einem körperlich erregenden Wechselbad der Gefühle festzustellen, dass wir nur als Cheerleading-Truppe für eine berühmte Schwimmerin fungieren sollten. Natürlich, was auch sonst, ich gluckste fröhlich in mich hinein, von niemandem ertappt worden zu sein bei einer derartigen Selbstüberschätzung. Jeder von uns sollte einen Pappmacheebuchstaben ihres Namens hochhalten, wir schafften es sogar in die *Zeit im Bild* damit. Ich hielt das »L« und war wirklich den ganzen Tag hindurch erleichtert, nicht selbst starten zu müssen. Nie wieder habe ich jemanden mit solcher Emphase angefeuert, so viel Mitleid hatte ich mit dieser Frau. »Go! Go! Go! Ziag!« Das Holz, aus dem Spitzensportlerinnen geschnitzt sind, war in meinem Fall wohl eher Furnier.

Die Großmutter vergaß regelmäßig, mich nach dem Training oder Nachmittagsunterricht abzuholen, obwohl sie noch gar nicht alt genug war, um sich auf demente Aussetzer herauszureden. Rundum pflegeleicht, wie ich mich selbst beschrieben hätte, fand ich das nicht weiter störend, ich konnte diese Nachlässigkeit gut akzeptieren und entwickelte die Eigenschaft, die Zeit zu beherrschen, mich bewusst auf ihren steten Fluss einzulassen, ihn nicht durch Übersprungshandlungen zu kaschieren.

Ich konnte stundenlang irgendwo im Regen stehen und warten, ganz starr, mit blutleeren Fingerknöcheln um den Griff des Regenschirms geklammert, nur die

Zehen in meinen Gummistiefeln musste ich regelmäßig bewegen, um Gefrierbrand zu verhindern, nichts daran beunruhigte mich, was konnte einem schon passieren, wenn man im Regen stand. Es gibt nur wenige Situationen, die mehr Sicherheit bieten als diese. Wenn die Langeweile dann nach ungefähr einer Stunde überhandnahm, stemmte ich mich nicht gegen sie, ich ließ sie durch mich hindurchlaufen, stellte meinen Blick um auf mikroskopisch und befreundete mich mit Gegenständen, die außer mir wohl keine anderen Freunde hatten, niemanden, der ihnen derart viel Hingabe widmete wie ich in diesen Momenten. Ich nahm beispielsweise den Fahrradständer vor meiner Schule so detailliert in mir auf, bis ich jede Stelle, an der Lack abgeplatzt war, bildlich archiviert im Kopf hatte wie eine Sachverständige. Wenn ich das lange genug machte, konnte ich zusätzlich das Metall riechen und auch die Erdreste, die zwischen den Bügeln klebten, ohne mich auch nur einen Schritt auf ihn zuzubewegen, ich erarbeitete mir seinen Geruch aus der Ferne.

Irgendwann wurde ich meistens doch noch abgeholt, aber die an diesem Tag begonnene Beziehung zum Fahrradständer hielt jahrelang, er gehörte von nun an mehr zu mir als zum Rest der Welt, obwohl ein Fahrradständer nicht unbedingt die Art Gesellschaft war, nach der es mich verlangte.

Als willkommene Abwechslung während der regelmäßigen Wartezeiten beobachtete ich auch die Menschen, falls vorhanden, selbst unsichtbar, da noch ein Kind. Den Bürgermeister, wenn er vor Wahlen an Strahlkraft und Volksnähe gewann und Kindern ein paar Weintrauben spendierte, die offenbar dermaßen sauer waren, dass sie sofort wieder ausgespuckt werden mussten, aber das bemerkte er nicht, er überschüttete die dazugehörigen irritierten Mütter mit ungewohnter Anteilnahme an ihren öden Alltagsproblemen, versprach mit ernster Miene, sich um das Katzentoilettenproblem in den Sandkisten der öffentlichen Spielplätze zu kümmern. Diese Strahlkraft verlor er sofort nach der gewonnenen Wahl, er verteilte seine Grußworte wieder in der üblichen jovialen Dosierung an die wichtigsten männlichen Einwohner der Region, Bauunternehmer und die Eigentümer der Zuliefererbetriebe.

Ich beobachtete auch die Verliebten, in ihrem Zustand erstaunlicherweise alle vollkommen gleichgeschaltet, wie sie sich küssten und im Abgang ihren Gefühlen mit einem ungeschickten Hopser Ausdruck verliehen, fand es rührend und abstoßend zugleich. Rührend, weil ich keine Vorstellung davon hatte, was es brauchte, um diesen Grad der Losgelöstheit zu erreichen, abstoßend, weil ich ahnte, dass es etwas war, zu dem ich vielleicht nie fähig sein würde, und mir somit nur die schnöde Körperlichkeit, der Speichel, die Säfte, die Unzulänglichkeiten, greifbar wurde.

Bei mir zuhause wurde nicht geküsst, an Geburtstagen gab es trockenen Kuchen und einen innerfamiliären Handschlag mit der Großmutter, bei dem ich immer errötete, weil ich Hautkontakt nicht mehr gewohnt war. Küssende Menschen machten mich unruhig, auch als junge Erwachsene schaffte ich es nur unter Alkoholeinfluss, die Speichelbarrieren zu überwinden. Nach meinem ersten Kuss, akribisch vorbereitet mit einer halben Flasche Wodka, hatte ich einen Filmriss und danach Angst, Herpes zu bekommen. Ich war wochenlang paranoid, führte sogar Buch über die weiteren Intimkontakte meines Kusspartners, schon bei der Betrachtung dieser Aufzeichnungen verspürte ich einen unangenehmen Juckreiz in den Mundwinkeln. Meiner Ansicht nach waren Fieberblasen eine der größten sichtbaren zwischenmenschlichen Niederlagen überhaupt.

Eines Sommers lernte ich dann endlich meinen zukünftigen Mann kennen, aus dem Nichts, mitten in der schwelenden Ödnis der schon viel zu lange andauernden Ferien. Es war auch an der Zeit, alle bisherigen Kandidaten hatten mich bei näherer Betrachtung deprimiert, um ein Haar hätte ich die Suche nach ebenbürtiger Gesellschaft schon aufgegeben. Ich hatte bis dato meine persönlichen Ansprüche an männliche Begleitung wild variiert, war immer wieder leicht, aber kurz zu begeistern gewesen, doch bei ihm fand die jahrelange Suche einen sofortigen Abschluss, als hätten sich all meine losen emotionalen Enden plötzlich neu verbunden, funkensprühend, auf die einzig mögliche, weil logische Art.

Selbstverständlich war er ganz nach meinem Geschmack, von außen wie von innen, denn ich fühlte mich noch zu jung, um die Kompromisse einzugehen, von denen die Großmutter oft erzählte. Sie fand, dass man bei der Partnerwahl nach dem Prinzip des geringsten Übels vorzugehen hatte, ihre sorgfältig ausgearbeitete Prioritätenliste umfasste die akademische Bildung des Anwärters in Liebesdingen ebenso wie die vorhandene Zahnstruktur oder gar die geografische Herkunft (diesbezüglich zeigte sie schon zwei Ortstafeln entfernt freimütig die ersten rassistischen Tendenzen), sie konnte all dies auch in einprägsamen Monologen begründen, beispielsweise, welche nachhaltigen finanziellen Unannehmlichkeiten und damit kausal verbundenen sozialen Unsicherheiten von dürftiger Zahnsubstanz ausgingen, war mir vorher nie bewusst gewesen, aber damit konnte ich trotz anschaulicher Praxisbeispiele noch wenig anfangen.

Das erste Mal sah ich ihn auf der Bühne, einen schmächtigen, weißblonden Jungen mit großem Kopf (einem vielversprechend großen Kopf, an den sich der restliche Körper sicherlich noch anpassen würde im Laufe der Zeit), als er gerade eine herausfordernde Theaterimprovisationsaufgabe löste. Sie lautete: »Stelle einen Bergwanderer bei aufkommendem Unwetter dar« und er spielte sie dermaßen brillant, dass es mich nicht gewundert hätte, hätte ihn eine Orkanböe hinter die Bühne geblasen. Sein Körper bog sich in jede glaubwürdige Verrenkung, nie kam er mit der gespielten Windrichtung durcheinander, was mein Herz höherschlagen ließ, vermutete ich doch sogleich einen begnadeten Zugang zur Natur und ihren Wissenschaften.

Wir wurden in jenem Sommer gemeinsam im Kindersommertheater der Gemeinde betreut, unter der Leitung von zwei offensichtlich gescheiterten Wiener Schauspielern, die sich verschämt in der Provinz ihr Geld als sogenannte Theaterclowns verdienten und in den zahlreichen Pausen heimlich hinter der Bühne Kette rauchten, was ich nur bemerkte, weil ich es ihnen gleichtat und meinen Rauch opportun unter den ihren mischte. Was genau an ihnen clownesk hätte sein sollen, blieb mir verschlossen, weder trugen sie das passende Make-up noch konnte man humorige Elemente in ihrer Kursgestaltung erkennen, ich nehme an, diese irreführende Selbstvermarktung sollte besonders kindgerecht wirken, Clowns als harm- und geschlechtslose

Wesen, viel besser als ein prekäres Künstlerpaar. Die schauspielerische Zusammenarbeit mit den beiden gestaltete sich schwierig, ich hatte Ansprüche an die Inszenierung und ging ihnen mit meinen Vorschlägen vom ersten Tag an sichtlich auf die Nerven.

Da ich für ein Kind, im Speziellen auch für ein weibliches Kind, untypisch jeden Text auf der Bühne so laut wie möglich in den Zuschauerraum hineinbrüllte (die Großmutter vertrat die Meinung, dass man als Publikum auch etwas hören wollte für sein Geld), kam ich sofort für die weibliche Hauptrolle in Frage, auch das zur Zufriedenheit der Großmutter, sie bestand darauf, dass ich oft und gut sichtbar stattzufinden hätte für die horrende Kursgebühr. Ich bekam zwar nur abgetragene Kleidung aus der erweiterten Bekanntschaft vererbt (»Ein Durchgang geht noch, das ist noch gut, tadelloser Stoff!«) und bei seltenen Restaurantbesuchen ein kleines Sodawasser mit Zitrone (»Teil es dir ein, trinken kannst du auch zuhause!«), aber meine darstellerischen Talente zu fördern erschien ihr wohl als gute Investition in unsere gemeinsame Zukunft.

Ein weiterer Aspekt hätte natürlich auch sein können, dass sie durch den Theaterkurs von ihrer Aufsichtspflicht befreit war, aber ich will nicht kleinlich wirken mit diesen Mutmaßungen, es ist doch schön, wenn mehrere Menschen von einer Sache profitieren.

Ich enttäuschte sie jedenfalls nicht, brillierte als rabiate Ehefrau von Amerigo Vespucci, dargestellt von meinem zukünftigen Mann, und setzte in dieser Rolle bewusst einige komödiantische Akzente, indem ich ihn regelmäßig mit einem Paddel auf dem Schiffsdeck verprügelte, historisch und technisch höchst zweifelhaft, aber immerhin rhythmisch passend zu einer einstudierten Gesangsnummer. Ich wollte dieser in der Gesamtaufführung irrelevanten Rolle etwas Kontur verleihen, um auf der Bühne nicht unterzugehen, außerdem wollte ich jede Szene gemeinsam mit meinem zukünftigen Mann so weit in die Länge ziehen wie irgend möglich, was mir auch wirklich gut gelang.

Er schien ebenso einsam zu sein, ich konnte diese Vermutung anhand der Präzision ableiten, mit der er die meisten Dinge machte, als hätte er eine ähnlich vertiefte Beziehung zu Unbeseeltem wie ich. Nach der Probe beobachtete ich ihn, wie er die gelben Kissen, die als flauschige Goldbarren gesammelt die Ausbeute der Entdeckungsreise darstellen sollten, wieder in eine Ordnung brachte und aufschüttelte. Jemandem wie ihm konnte man getrost seine Finanzplanung, vielleicht sogar sein gesamtes Leben übergeben, ich mochte diese unaufgeregte Art, im Zusammenspiel mit mir eine willkommene Temperamentsverdünnung, denn mein eigenes Blut kochte mehrfach täglich über, aber ich war intelligent genug zu wissen, dass ich einen dieses Defizit ausgleichenden Partner benötigte, um nicht eines Tages als Tragödie in der Zeitung zu stehen. Nicht schon wieder.

Modisch musste ich bei ihm von Anfang an ein Auge zudrücken, schon bald begriff ich den zugrundeliegenden Charme dieser ästhetischen Unbedarftheit, ich verliebte mich jedenfalls in genau jenem Moment endgültig in ihn, als ich auf die Frage, weshalb er derart hässliche Gummiturnpatscherl trage, die Antwort erhielt, dass er damit auf der Bühne engere Kurvenradien laufen konnte. Damit stand unsere Zukunft fest, nie wieder habe ich auf eine meiner Fragen eine bessere Antwort erhalten.

Das Stück war ein voller Erfolg, meine Kollegen aus dem Schwimmverein störten die Vorstellung mit begeisterten Zwischenrufen bei jedem meiner Auftritte, ich extemporierte gekonnt, durchbrach aus reinster Gier auf Szenenapplaus und ein begeistertes Publikum sogar die vierte Wand, ohne Brecht überhaupt zu kennen, und genoss die ungewohnte Aufmerksamkeit in vollen Zügen.

Der stolzen Großmutter stopfte ich hinter der Bühne ein paar Bühnengoldbarren in die Handtasche, wir nutzten sie bis zu meinem Auszug aus der Wohnung als Beinlagerungskissen beim Fernsehen, die Kursgebühr hatte sich rundum amortisiert, alle waren glücklich, die beiden Theaterclowns sahen aus, als würden sie Frieden schließen mit ihrer Sommerbeschäftigung, während sie sich mehrmals vor dem ausdauernd klatschenden Publikum verbeugten. »Passt schon« haben sie dabei wahrscheinlich gedacht, es würde mich nicht verwundern, dieses zutiefst österreichische Mantra stimmte einfach in jeder Lebenslage.

Sogar der Bürgermeister posierte mit uns für einen farbbebilderten Bericht in der Regionalzeitung, ich hatte dort mit Interesse gelesen, dass er für sein Leben gern Kokoskuppeln aß, und seither mochte ich ihn auf eine gewisse Art, einseitig natürlich, er wiederum schaute durch Kinder hindurch. Trotzdem fühlte ich mich ihm verbunden durch die Wahl der Süßspeise, ihr immer leicht seifiger Geschmack sollte vielleicht seinen Mundinnenraum reinigen nach manch hitziger Debatte im Gemeinderat als unterbewusstes Sühnebedürfnis für all die ausgesprochenen Schäbigkeiten.

Es machte mir Freude, verschiedene Persönlichkeiten nach ihren jeweiligen Lieblingsspeisen zu analysieren, ich fand diesen Aspekt interessanter als die immer gleichen zwölf Sternbilder, demzufolge ließ die Wahl exakt dieser Süßspeise einen Hang zur Exotik zutage treten, den ich so nie am Bürgermeister vermutet hätte. Ich hatte mir überlegt, schnell zum Buffet zu laufen und eine Kokoskuppel zu kaufen, um eine zarte Beziehung auf Backwarenbasis zu ihm aufzubauen, aber das hätte dann doch zu gewollt gewirkt.

Natürlich hätte ich alternativ auch einen seiner drei Söhne heiraten können, selbige kannte ich schon wie Gott sie schuf aus der Garderobe des Schwimmvereins, aber die armen Jungen hatten ein ähnliches Aufmerksamkeitsdefizit wie ich selbst, das wäre mit ziemlicher Sicherheit emotional unschön geworden, was mich aber nicht daran hinderte mir auszumalen, wie herrlich es sein könnte, unter dem gesellschaftlichen Schutzschirm meines Bürgermeisterschwiegervaters zu leben und mit ihm auf Augenhöhe über den besten Hersteller von Kokoskuppeln zu fachsimpeln. Doch ich war ja frisch vergeben, davon einmal abgesehen, auch wenn mein zukünftiger Mann noch nichts davon wusste.

Nach dem Sommertheater war mir klar, dass ich Schauspielerin werden musste, das in diesem Sommer selbst erarbeitete Berufsprofil erschien mir maßgefertigt für einen Großteil meiner unbefriedigten Bedürfnisse, Applaus als vorerst einzige Entlohnung schreckte mich nicht ab, im Gegenteil, ich war unfähig, darüber hinaus zu denken, und verlor mich ausschließlich in imaginierten Momenten vollendeter Glückseligkeit nach einer gefeierten Premiere, verschwitzt und für einen kurzen Augenblick mit der Welt im Reinen.

Ich notierte zudem die frisch gefassten Eheabsichten sehr deutlich in meinem Tagebuch, um nicht versehentlich vom Weg abzukommen, wusste ich doch bestens Bescheid über meine Stimmungsschwankungen. Auf diese Weise konnte ich bei wachsender Verunsicherung oder gar Relativierungstendenz regelmäßig meine Zukunftsvisionen aus jenem schicksalshaften Sommer nachlesen, mich wieder zurückholen auf den Boden der selbst erdachten Realität und mit der Zeit einen Plan entwickeln, sie wunschgemäß stattfinden zu lassen.

Selbstverständlich konnte ich nicht auf der Stelle aus dem Vollen schöpfen, schnörkellos auf ein Endergebnis zusteuern, das hätte den Mann, der ja zu diesem Zeitpunkt noch ein Junge war, mit Sicherheit dauerhaft erschreckt, deswegen begnügte ich mich zuerst damit, Möglichkeiten zu finden, wie ich ihm zufällig begegnen konnte. Das war nicht allzu schwer in Liebstatt, denn jegliches gesellschaftliche Leben konzentrierte sich auf wenige Plätze in der Ortschaft.

Naturgemäß eignete sich der Sommer am besten für ein forciertes Wiedersehen, im Freibad am See traf sich nach jedem abgeschlossenen Schuljahr fast täglich die gesamte Ortsjugend und wenn ich dort seine knallgelbe Badehose aus der Menge leuchten sah, nahm mein Kolibriherzschlag sofort Fahrt auf. Aber ich blieb auf Abstand, fürchtete nichts mehr als die fragende Mimik des Nichtwiedererkennens, sollte ich ihn einfach ansprechen. Alternativ zur Kontaktaufnahme platzierte ich mein Badetuch unverbindlich so, dass er mich sehen und wahlweise auch ignorieren konnte, ohne dabei das Gesicht zu verlieren.

Ich lag unzählige Stunden steif auf der Wiese, die Sonne im Antlitz und einen Maulwurfshügel im Rücken, vergaß regelmäßig auszuatmen, die einzige Bewegung ein manisches Zupfen am Badeanzug. Meiner

Ansicht nach musste es ausreichen, einfach nur vorhanden zu sein, um seine Erinnerung an unsere Wochen im Theatercamp wieder aufzufrischen. So hatte ich genügend Zeit, mit auf Dauer schmerzhaften Augenverrenkungen durch die verspiegelte Sonnenbrille seinen Körper zu bewundern, der im Gegensatz zu denen der anderen mit einer hauchzarten Schicht Muskeln überzogen und von der Eleganz eines hungernden Raubtieres war.

Einmal schubste er mich tatsächlich im Vorbeigehen vom Steg in den See, einfach so, ohne Vorwarnung. Ich war entzückt und blieb es auch trotz plötzlich schmerzendem linkem Fuß, war doch diese ungeschickte Übergriffigkeit ein untrügliches Zeichen für zwischengeschlechtliches Interesse. Die Codes am Land wirkten zwar etwas grobschlächtig, waren aber nicht schwer zu entschlüsseln, und mir gefiel die plumpe, unzärtliche Annäherung um einiges besser als. Als.

Als ich wieder zurückgehumpelt war zu meinem Liegeplatz, den Badeanzug gewechselt und die vorher in den Beinausschnitt geklemmte und jetzt durchnässte Packung »Ernte 23« zum Trocknen in die Sonne gelegt hatte, demonstrierte ich dem zukünftigen Mann sofort mein eigenes Interesse an seiner Person, schaffte es aber bedauerlicherweise nicht, ihn von seinen Schulfreunden zu separieren und ebenfalls ins Wasser zu stoßen.

Abends lag ich lange wach, zog mir trunken vor Glück die Holzsplitter vom Steg aus dem linken Fuß und trauerte gleichzeitig der verpassten Gelegenheit nach, nur zu gern hätte ich von hinten seine sonnenwarme Haut rund um den Bauch gepackt, ihn liebevoll angehoben, ganz vorsichtig, damit er meine ernsten

Absichten erspüren könnte, sollte er die nötigen Antennen dafür besitzen, und dann hätte ich plötzlich losgelassen, um ihm einen kurzen Stoß mit dem Knie in den Hintern zu verpassen und kräftig mit beiden Händen seine Schulterblätter nach vorne zu schieben, Fallrichtung Abkühlung, ein stimmiges Ende der ungelenken Körperlichkeit. Schön wäre das gewesen, wir hätten sehr gelacht über unsere gewitzte Form der Wiederannäherung. Aber ich hatte Zeit, niemand konnte davonlaufen in Liebstatt, der Ort spülte einem früher oder später jede Person wieder vor die Füße, man musste nur warten und nichts konnte ich bekanntlich besser.

Ein anderes Mal traf ich ihn zufällig in der Innenstadt, ich war gerade unterwegs, um eine Wimperntusche für eine Freundin zu stehlen, ein üblicher Vorgang in der Geburtstagspartyhochsaison, wenn ich mich am Abend nicht mit leeren Händen blamieren wollte, trat mit erhöhtem Herzschlag aus der Drogerie, bewusst ohne Eile und mit kontrolliert bedächtigen Bewegungen, um keine Aufmerksamkeit beim Personal zu erregen, die tiefschwarze Mascara hinten im Hosenbund stecken wie eine Glock. Piff, paff.

Draußen fiel der erste Blick sofort auf ihn, meinen kleinen Mann, gemeinsam mit seiner Familie im Schanigarten des Kaffeehauses auf der anderen Seite des Stadtplatzes sitzend. Sie löffelten obszön große Eisbecher, jeder einen eigenen, sogar der kleine Bruder hatte einen vor sich stehen, der ihn beinahe zur Gänze verdeckte. Sie sahen zufrieden aus hinter den Schlagobersgebirgen, eine harmonische Zusammensetzung verwandter Menschen, ein derart ungewohntes Stillleben wie dieses half mir überhaupt nicht, nach meiner eben begangenen Straftat zu einem gemäßigten Ruhepuls zurückzufinden. Warme Luft wehte vom See herüber durch meine Haare, ich spürte die Mascara als Fremdkörper in meinem Hosenbund und ging los, quer über den Platz, mitten durch einen Schwarm feister Tauben, die sich um ein halbes Salzstangerl stritten. Ich störte sie mit meiner Ungeduld und dem Unwillen, ihnen großräumig auszuweichen, als vom Tourismus verweichlichten Provinztauben fehlte ihnen auch der nötige Respekt vor dem Erzfeind Mensch, sie flogen nicht verängstigt durch meine forschen Schritte davon, sondern flatterten nur kurz in die Höhe, sofort wieder magisch angezogen vom Gebäck auf dem Kopfsteinpflaster. Diesem ungustiösen gefiederten Mob war es nicht einmal peinlich, wählerisch zu sein, unter dem unübersichtlichen Gedränge lagen große Stücke zertrampeltes Schwarzbrot. Die Tauben hatten keine Hemmungen, mich zu berühren, ihre Flügel schlugen grob in mein Gesicht, ihr Gurren drang in meine Ohren und eine Kralle verfing sich sogar in meinen Haaren, zu viel für mein ohnehin gerade schütteres Nervenkostüm, ich kreischte laut auf und wedelte panisch mit den Armen, die Mascara rutschte in meine Unterhose hinein, dirigierte mir durch ihre neue Position eine etwas steife Gangart und alle Gäste aus dem Schanigarten starrten zu mir herüber.

Ich weiß nicht, ob der Mann mich erkannte, traute mich nicht mehr hinzusehen, verwarf den Plan lässiger Grußworte, gerichtet an die gesamte herrliche Familie, auf der Stelle, drehte um und hoffte inständig, dass in der Drogerie niemand auf die Idee gekommen war, mir zu folgen. Niederlagen als solche konnte ich erfahrungsgemäß nach dem ersten Schock sehr gut verkraften, zuhause wusch ich die Mascara gründlich mit Seife, verpackte sie in rosa Seidenpapier und spielte die Peinlichkeit dieses Nachmittags wiederholt in jeder Sequenz durch, sezierte ausnahmslos alle der höchst unangenehmen Gefühlsregungen im Nachgang, bis sie schal durch die Redundanz wurden, ich selbst entkräftet keine Scham mehr empfinden konnte, sondern stattdessen eine tiefe Befriedigung angesichts der Tatsache spürte, dass nichts endgültig war, außer vielleicht der Tod. Nach dieser Erfahrung beschloss ich, mir noch weitere Objekte der Bewunderung zuzulegen, vorwiegend zu empirischen Zwecken, um etwas Routine in das komplexe Zwischenmenschliche zu bringen.

Die schon früh entdeckte Liebe zu Naturwissenschaftlern und deren meinem Naturell wesensverwandten Pragmatismus erweiterte sich daher im Laufe der folgenden Jahre auf den eher verzweifelten Nebenzweig Musiker und den komplett aussichtslosen Nebenzweig Naturburschen. Erstere waren mir bedauerlicherweise immer zu ähnlich in ihrer Instabilität und eigentlichen Bedürftigkeit, nichtsdestotrotz reizte mich die Aussicht, dass jemand eines Tages ein Lied über mich schreiben könnte, fast so sehr wie das Ausbrüten eines Vogeleis zu Vergesellschaftungszwecken. Ich erträumte mir eine hingeschluchzte Ballade über meine naturgegebene Überlegenheit und die gleichzeitige Unwürdigkeit des Sängers, vorzugsweise mit einem emotionalen Klavier- oder Gitarrensolo und natürlich auf Spanisch, »Liebe«, »Herz« und »Seele« klangen in den romanischen Sprachen am glaubwürdigsten, man musste einfach wärmstes Mitleid haben mit diesen hochemotionalisierten Südländern. Von den eigenen

Müttern leidenschaftlich geliebt und idealisiert, beschützt vor allen zwischenmenschlichen Unannehmlichkeiten, sodass die Abnabelung eine ewig nässende Wunde hinterließ, das war etwas, worauf ich durchaus mit Neid blicken konnte.

Die Naturburschen wiederum forderten mich aus reinster Zerstörungslust heraus, ich wollte sie unter der Vorspiegelung falscher sportlicher Verheißungen einfangen, so tun, als gäbe es nichts Schöneres als das Abenteuer an der frischen Luft für mich, ihnen eine Unkompliziertheit vorspielen, an die ich selbst gern geglaubt hätte, und danach langsam den Lebenswillen aussaugen. Sie mit Schlagobers füttern, bis sie bewegungsunfähig waren, zuhause hospitalisieren bei schlechtem Fernsehprogramm und ihre Liebe zur Natur langsam vergiften, ich selbst stand nämlich auf Kriegsfuß mit ihr und es provozierte mich, wenn jemand Zuflucht bei ihr fand. Sie zeichnete sich doch in erster Linie durch Niederträchtigkeit aus und auch durch eine Gleichgültigkeit, die ich alle drei Jahre verfluchte, wenn unser Kellerabteil vom Hochwasser geflutet wurde und ich meine Freizeit damit verbringen musste, Schimmliges von Nichtschimmligem zu trennen oder alte Schulhefte in die Sonne zum Trocknen zu legen, um danach nichts weiter als unbrauchbare Tintenaquarelle vorzufinden.

Wochenlang lag ich nachts im Bett, wachgehalten vom monotonen, aber aggressiven Brummen der Trocknungsmaschinen, und ärgerte mich über die Willkür der regionalen Wetterphänomene. Von der sogenannten Natur des Menschen ganz abgesehen, wir hätten gar nicht erst anfangen sollen, Körperbehaarung gegen Kleidung zu tauschen, uns lächerlich herauszuputzen, das Fell war wohl die authentischste

Tracht des menschlichen Wesens, alles danach nur mehr Scharade.

Den Mann meines Lebens musste ich zu Schulbeginn bedauerlicherweise vorerst unbeaufsichtigt seinem eigenen Alltag überlassen, ich besuchte eine katholische Mädchenschule und der Kontakt zum anderen Geschlecht wurde uns strengstens untersagt, zu leicht passiere eine Befleckung, die man nie wieder loswürde, wussten die Nonnen, wollten aber auf meine Nachfragen nicht konkreter eingehen, außer dass die wohl größte Gefahr für die weibliche Unversehrtheit das Beifahren auf einem Moped darstellte. Sie wurden nicht müde von zahlreichen Beispielen zu berichten, in denen eine unerwünschte Empfängnis kausal mit vorausgehender weiblicher Anwesenheit auf dem Sozius einherging, sodass sich mir die Vermutung einer detaillierten Buchführung aufdrängte, die offensichtlich irgendjemand im Kloster als Freizeitvergnügen dokumentierte, anders konnte ich mir diese eigenartige Fixierung nicht erklären.

Meine Existenz an der elitär konservativen Schule war eine Frage der katholischen Nächstenliebe, man hatte mich dort schulgebührenbefreit aufgenommen, weil man das eben machte als guter Christ, wenn ein Fall wie der meine neu in den Ort zog, semipublik und deswegen umso erregender, es kursierten nichts als entgleiste Mutmaßungen über meine bisherigen Lebensumstände zu dieser Zeit in Liebstatt, den Stadtbewohnern fehlte es an Fantasie gleichermaßen wie an Feingefühl.

Es ließ sich nicht vermeiden, dass ich die absurdesten Gerüchte irgendwann persönlich zu Ohren bekam, ich vermute, allesamt sogar abgeschwächt durch die mündliche Überlieferung an die Betroffene selbst, die Menschen taten sich schwer mit Konfrontation und Wahrheitsfindung von Angesicht zu Angesicht.

Mein Vater sei ein Mörder, flüsterte man, ein Fahrerflüchtiger, ein gewalttätiger Gauner, vielleicht sogar ein organisierter, oder Schlimmeres. Meine Mutter zwar immerhin Österreicherin, aber doch seltsam unfraulich, immer schon gewesen, schon als junge Frau ein unzugängliches Naturell, eine sperrige Person mit hochtrabenden Träumen. Das kommt davon, wenn man seine Heimat nicht zu schätzen weiß, nicht wahr? Und warum verweigerte sie den Kontakt zum Kind, zum eigenen Fleisch und Blut? Was konnte da vorgefallen sein, dass sich eine Mutter vom eigenen Kind abwandte?

Ich registrierte das Gerede der Liebstätter, wohltuend weit weg von der Wahrheit, aber welche Funktion konnte ihr noch zukommen, wenn sie schon sachlich nacherzählt selbst für Außenstehende unerträglich war? Die lückenlose Aufklärung meiner Vergangenheit wäre nur eine Überforderung gewesen, ein emotionaler Übergriff ohne weiteren Nutzen an den Menschen, die selbst nie erleben mussten, was ich erleben musste, deren Sorgen ich nicht ernst nehmen konnte, weil ich sie ebenso wenig fühlte wie sie meine Vergangenheit, mein empathisches System schlug erst ab einer bestimmten Fallhöhe an.

Die spürbare Verholzung meiner Seele wollte ich gelassen annehmen, wusste ich doch analog aus der Pflanzenwelt, dass sie nicht nur ein Nachteil, sondern auch eine stabile Basis für weitere Austriebe sein konnte. Das Austreiben der Blüten stellte ich mir im Detail vor, wenn ich nachts mit Atemnot aufwachte, mich zusammengeklappt auf den Sessel neben meinem Bett setzen, die Arme baumeln und die Atemluft durch die Nase strömen lassen musste. Ich stellte mir ebenso vor, dass ich zu einem späteren Zeitpunkt als alle anderen zu einer echten Person würde, meine tauben Stellen nicht zwangsläufig die Gesamtentwicklung stören mussten, sondern mit der richtigen Methode überwunden werden konnten. Ich wollte dringend an die frischen Austriebe glauben, identifizierte mich zur Beruhigung mit den Hortensien der Frau des Vermieters, die jeden Winter endgültig abgestorben wirkten, im Frühling jedoch einem Wunder glichen, wenn sich der vorhandenen Optik zum Trotz die ersten Blätter entrollten und die Spannung wuchs, welche Färbung die Blüten dieses Jahr haben würden, immer eine Frage der Nährstoffzusammensetzung des Erdbodens, nie eine Frage des freien Willens.

Im schulischen Umfeld übte man sich mir gegenüber routiniert in christlichen Grundtugenden, wusste immer genau, was sich gehörte und was nicht, war aber genau deswegen schnell abgestoßen von meinem forschen Auftritt, so hatte man sich das »arme Mädel« ganz und gar nicht vorgestellt, doch nicht eine, die heimlich hinter der Mariengrotte rauchte und die Zigarettenstummel im steinernen Faltenwurf des Madonnenkittels versteckte, keine, die andauernd Magenleiden simulierte, um bei der im Anfangsstadium dementen Krankenschwesternonne mehrmals hintereinander hochprozentigen Magenbitter zu konsumieren und den Unterricht dann mit obszönen Scherzfragen zum heiligen Geist und seinen Möglichkeiten der Fortpflanzung zu stören, keine, die mutwillig die Holzschnecke der Leihgeige abbrach und aus Angst wieder mit Superkleber reparierte. Obendrein noch unwillig, die regelmäßig stattfindenden Schulmessen mit gefühligem Geigenspiel zu bereichern, um den interessierten Beobachterinnen, zumeist ehemals aktive, mit Ende der Fürsorgepflichten orientierungslose Mütter, die ihre Erleichterung über das eigene ereignisarme Leben (dem Herrgott sei es gedankt!) ins Kirchenschiff hineinseufzten, den Status quo meiner Entwicklung zu präsentieren.

Nein, man hatte auf ein fügsames Wesen gehofft, verständlicherweise verstört und bedürftig, an dem man die Säulen der Nächstenliebe reibungslos hätte durchexerzieren können. Ein Übungsobjekt der Großherzigkeit. Ein Schritt für Schritt herzeigbarer Erfolg hätte ich sein sollen, eine Entwicklungskurve steil nach oben, ein Paradebeispiel sozialer Entwicklungsarbeit, das hätte ihnen die Befriedigung verschafft, die sie ihrer Meinung nach verdienten, als Christen und mehr noch als Privatmenschen. Es bereitete mir große Freude, ihnen beim Friedensgruß kurz vor der Ausgabe der Kommunion die Hand mit einem genuschelten »Elfriede sei mit dir!« zu reichen und im Gegenzug ein unverdientes »Und auch mit dir« zu bekommen.

Die Nonnen selbst waren bis auf die Schulleitung offensichtlich nur rudimentär in die Details meiner Vergangenheit eingeweiht, die Großmutter blieb kryptisch, sonst hätten sie sich mit ihren Predigten über die sündige Befleckung wohl an erfolgversprechendere Zuhörerinnen als mich gewandt.

Die meisten von ihnen waren jedoch sehr nett oder zumindest harmlos, gar nützlich, wenn sie mir ihre Tricks verrieten, wie man beispielsweise einen quälenden Heißhunger auf Süßigkeiten auch ohne Zugang zu ihnen besiegen konnte. Schwester Felicitas und Schwester Heriberta lagen laut eigenen Angaben nachts oft wach, in einer steten Unruhe, das tief empfundene Gebet half auch nicht dabei, die Gier nach Süßem versiegen zu lassen, den Heißhunger wieder zurückzuschieben in die Kammer der verbotenen Regungen, und so hatten sie gemeinsam eine Methode entwickelt, die verlässlich Abhilfe schaffte. Dazu musste man ein Stück Schwarzbrot erst zu Brei kauen und mit diesem Brei minutenlang die Mundhöhle spülen, bis er nach Zucker schmeckte. Dieser befremdliche Vorgang hatte tatsächlich etwas Meditatives, er beruhigte einen schon, bevor die Süße überhaupt an die Oberfläche drang, und ich fragte mich, ob ihnen jenes Wissen in einer Eingebung von Jesus selbst übermittelt worden war. Ich persönlich hätte eine Anleitung, wie man Wasser in Wein verwandelt oder Steckerlfische vervielfacht, mehr honoriert, aber man konnte sich seine Wunder nicht aussuchen, leider.

Die Nonnen waren auf eine Art sparsam, die mir oft die Schamesröte ins Gesicht trieb, wenn mich eine von ihnen zwang, das gesamte Kerngehäuse des Apfels, als solches nämlich angeblich sehr wertvoll für die Verdauung, aufzuessen, während eine andere distanzlos meine Jausenbox aus der Schultasche holte, durchsuchte, den zusammengeknüllten Alufolienball mit Butterresten vorsichtig auseinanderfaltete und zur Wiederverwendung glattstrich. Falls sie dabei auch noch die beiden Zigaretten entdeckte, die die Großmutter unter der Stoffserviette zu verstecken pflegte (sie wusste mittlerweile von meiner Sucht und empfand sie in Anbetracht der theoretischen Rebellionsmöglichkeiten ausgehend von meiner Heimvergangenheit als geringeres Übel, ja, mir schien, als wäre sie sogar ein wenig erleichtert darüber, dass mein gegenwärtiges Geheimnis nur aus regelmäßigen Lungenzügen bestand), dann war die Hölle los und ich musste den gesamten Nachmittag, der eigentlich für Freispiel im Park zur Verfügung stehen sollte, im Keller beim Säubern von leer gegessenen Joghurtbechern verbringen. Er lag direkt neben der Garderobe, was mich traurig machte, wenn ich den anderen Kindern beim Umziehen dabei zuhören musste, wie sie Pläne für die Baumhausgestaltung im kleinen Kiefernwald schmiedeten.

Immerhin roch es im Gegensatz zu den mir sonst bekannten Kellern im Recyclingraum gar nicht so übel wie angenommen, Schwester Felicitas legte großen Wert auf Ordnung und Hygiene, trotzdem ermüdete man schnell in dem fensterlosen Raum mit nur schwacher Belüftung, und ich hielt mich immer im vorderen Drittel auf, beim Ausgang. Aus den zahllosen gesammelten Joghurtbechern bastelten wir allerlei klerikal ausgestaltete Festtagsdekoration und verkauften sie auf dem großen Weihnachtsmarkt, einer jährlich stattfindenden weihrauchumnebelten Kuchenschlacht der ältesten Stadtbewohnerinnen, allesamt aktiv im Verband der Goldhauben und demzufolge hoch angesehen.

Ich schlampte mit Absicht bei meinen Reinigungsarbeiten, weil ich die Vorstellung, dass meine kleine Armee von Fruchtzwerge-Engeln mit ihrem säuerlichen Aroma, das sich unter dem jungfräulich weißen Krepppapierröckchen von kleinen Schimmelherden ausgehend in den Räumlichkeiten verteilte und somit den Tannennadelduft am Heiligen Abend in den wohltätigen Patrizierhäusern unterwanderte, sehr befriedigend fand. Vorausgesetzt dass irgendjemand die großzügig eingekaufte Dekoration wirklich zu diesem Zweck verwendete, denn rein ästhetisch war noch viel Luft nach oben.

Die Verpflegung an der Schule war ohnehin ein heikles Thema, ich musste aufgrund der Berufstätigkeit der Großmutter mit den Internatsschülerinnen im Speisesaal zu Mittag essen und war täglich aufs Neue unangenehm berührt von der lebensgroßen Jesusfigur, die statisch bedenklich weit nach vorne gekippt am fast wandfüllenden Holzkreuz hing, offenbar eine Nachbildung der letzten Minuten des Heilands, in denen er schon keine Kraft mehr aufbringen konnte für die in dieser Situation optimale Gewichtsverteilung.

Die detailliert ausgearbeiteten Stichwunden kamen daher unappetitlich nahe an die Gemeinschaftsplatte mit dem rosaroten Selchfleisch, von der wir uns selbst bedienen durften, jede eine Scheibe Schwein, jede einen Knödel. Ich gewöhnte mich nie daran, neben einem sterbenden Märtyrer zu tafeln, und weil es den meisten ebenso erging, fragte ich mich, ob er eventuell ganz bewusst als kostenminimierende Appetitzügelungsmaßnahme in dieser selbst für enthusiastische Katholiken unüblichen Größe und Präsenz konzipiert worden war.

Trotz der täglich vielen gemeinsam verbrachten Stunden stellte es sich als schwierig heraus, Anschluss zu finden, wenngleich viele es spürbar aufregend fanden, einen echten Sozialfall in der Klasse zu haben. Anfangs spendierte ich regelmäßig ein paar Züge meiner Zigaretten an experimentierfreudige Kolleginnen, um ihre Erwartungen zu erfüllen, aber die begleitenden Gespräche gestalteten sich eintönig, und ich kam schnell zu dem Befund, dass mir das Außenseiterinnendasein nicht gerecht wurde. Also suchte ich nach Gemeinsamkeiten, Verbindendem statt Trennendem, konnte aber weder mit einer Reitbeteiligung noch mit Reisen nach New York zu Ostern aufwarten. Auch meine Garderobe ließ zu wünschen übrig, das bemerkte ich von selbst, ohne darauf hingewiesen zu werden, meine Versuche, das modische Defizit durch extravagante Frisurenvariationen auszugleichen, blieben leider allesamt erfolglos.

Obendrein verweigerte die Großmutter den Kontakt zu meinem Lehrpersonal, ob geistlich oder weltlich, rigoros, was an diesem streng hierarchisch geführten Institut eine mittlere Katastrophe bedeutete, da meine Professoren sehr verwöhnt von Aufmerksamkeiten aller Art waren und ihre Zuwendung im Unterricht nicht unerheblich an den Wert des untertänigst überreichten Weihnachtsgeschenkes koppelten. Ich probierte durch Leistung zu glänzen, gab aber bald auf, da es weitaus klügere Mädchen in der Klasse gab und mich diese Tatsache dauerhaft entmutigte, lange bevor meine Rechenschwäche noch zusätzlich den Schulerfolg minderte.

Mit meinen Klassenkolleginnen konnte ich demzufolge nicht ohne Weiteres freundschaftliche Bande knüpfen, im Gegenteil, ich schuf mir schnell ein paar einflussreiche Feindinnen, weil ich trotz allem nicht gewillt war, dem örtlichen Geldadel ergeben zu sein. Man vermisse eine Bescheidenheit an mir, wurde mir durch die Blume mitgeteilt, aber damit wusste ich nur wenig anzufangen, sah ich den Begriff der Bescheidenheit hier doch eindeutig missbraucht als Euphemismus für grundlose Unterwürfigkeit, die ich absolut nicht gewillt war abzuleisten.

Als meine Leihgeige von einer auffallend garstigen Mitschülerin als solche verspottet wurde, schrie ich »Vendetta«, ignorierte das allgemeine Augenrollen und dichtete zuhause ein vierstrophiges Meisterwerk über die Spötterin, fokussierend auf ihre Körperfülle und unglückseligen Liebesavancen den Lateinprofessor betreffend. Das Gedicht trug ich laut in meiner Klasse vor und ließ mich vom eisigen Schweigen, auch bei exakt gesetzten Pointen wie beispielsweise der besten metaphorischen Verwendung eines Käseleberkäses aller Zeiten, nicht verunsichern. Gute Lyrik arbeitet nach, sie ist ein kunstvoll gesetzter Schwelbrand, das war mir bewusst. Diese Mädchen sollten wissen, mit wem sie es zu tun hatten, und die Reime verfehlten ihre Wirkung nicht, nie wieder wurde ich aufgrund meiner Herkunft gehänselt, wenn man von dem Tag absieht, an dem ich in der Schulgarderobe mit einer Jugo verwechselt wurde.

Ich brauchte etwas Hintergrundrecherche, um herauszufinden, dass das wohlklingende Wort Jugo keinesfalls positiv oder auch nur neutral interessiert gemeint sein konnte, nicht in Anbetracht der damaligen politischen Lage. Diesmal reichte es, dem betreffenden Mädchen einen von der im Sonnenlicht deutlich sichtbaren Oberlippenbehaarung inspirierten Spitznamen zu verpassen, den sie zu meiner Freude auch noch über die Studienzeit hinweg nicht loswurde. Aber richtig Anschluss fand ich an der katholischen Mädchenschule trotzdem nie.

Oft wurde ich des andauernden Fremdkörpergefühls überdrüssig und die mich stets in schwankender Intensität begleitende Sehnsucht nach Gesellschaft trieb mich auf den Friedhof, der direkt zwischen den Parkanlagen der Schule und meiner Busstation lag und dessen Verlockungen ich an gut besuchten Tagen nicht zu widerstehen vermochte, wofür ich auch riskierte, erst mit dem späteren Bus nachhause zu fahren und mich dort dem Unmut der Großmutter auszusetzen, die in dem seltenen Fall, dass sie mein Fehlen überhaupt bemerkte, sehr streng sein konnte.

Der Friedhof bestach durch eine stille Schönheit, einladend stand sein gusseisernes Tor offen, überschaubar und familiär war die gesamte Anlage, mit Blick auf den See und kleinen Mausoleen an den besten Plätzen direkt angrenzend an die Friedhofsmauern. Die interessantesten Personen allerdings fand ich dort nie, sondern ausschließlich in den Reihen der Durchschnittsgräber, um die sich die Hinterbliebenen, meist alt und weiblich, höchstpersönlich kümmerten.

Ich schlenderte an ihnen vorbei, respektvoll langsam, damit der Kies nicht laut knirschte oder gar in alle Richtungen davonsprang, mit gezügelter Mimik, studierte die Grabinschriften, ließ es mir auf keinen Fall anmerken, wenn mich ein Name besonders belustigte, und sprach bei sich bietender Gelegenheit mit den anwesenden alten Frauen, erzählte jeder von ihnen ungefragt eine andere Lebensgeschichte, da die meisten ohnehin schon sehr vergesslich waren. Ich machte mich nie bekannt mit ihnen, grüßte sie einfach, als wären wir alte Bekannte, und erfreute mich an der Verwirrung, die zuverlässig einsetzte. Alte Frauen trauten ihrem eigenen Gedächtnis weniger als einer redseligen kleinen Schülerin, darauf war Verlass. Ich nutzte ihre Zuhörerschaft und erprobte verschiedene Schocker, ein Dasein als wohlhabendes Waisenkind zum Beispiel (kein großer Erfolg, da das »wohlhabend« immer auch signifikant das Mitleid verringerte) oder eine Wachstumsverzögerung nach einem schweren Autounfall, bei dem mein Vater alkoholisiert meine Mutter überfahren hatte, tatsächlich eine ausgeschmückte Varianz der örtlichen Gerüchteküche (und von emotional beeindruckender Durchschlagskraft bei allen Zuhörerinnen, denn in Liebstatt herrschte zwar einerseits breites Verständnis für verkehrstechnische Selbstüberschätzung nach exzessivem Alkoholkonsum, aber andererseits eine tote Mutter, das war Trumpf).

Die Damen flossen im Optimalfall über vor Anteilnahme und steckten mir seltsame Süßigkeiten zu, die seit Jahren in ihren Handtaschen vor sich hin trockneten. Ich lutschte einigermaßen glücklich und endlich um etwas Dramatik erleichtert steinharte Schaumbären vor den Gräbern der Ehemänner und hörte mir im Gegenzug auch deren Lebensgeschichten an. *Quid pro quo.* Die meisten von ihnen sprachen über den toten Gatten wie über ein Haustier, diese Illusionslosigkeit gefiel mir außerordentlich gut:

Er war ein ganz Braver, immer sauber. Ein ganz Sauberer. Nicht wie die anderen, der hat das Geld auch heimgebracht.

Nach dem Schlagerl war er nie wieder der Alte. Richtig umgänglich ist er geworden, ganz bescheiden, immer zufrieden. So a Freud, wenn ich mit ihm rausgegangen bin an die frische Luft!

Die alten Frauen prägten ohne Absicht meinen eigenen Zugang zu Liebe und Ehe, ihr demonstrativ zur Schau gestellter Pragmatismus beruhigte mich und stellte vor allem eine willkommene Abwechslung zum ewigen zwischenmenschlichen Spießrutenlauf mit den Nonnen dar. Sie standen Unkraut rupfend vor den immer gleichen Sprüchen auf den Grabsteinen ihrer Ehemänner, man ist ja wirklich nur Gast auf Erden und der Gast ist König.

Nie würde ich Gefahr laufen, mich über Gebühr zu investieren, das stand fest. Nicht beim Schwimmtraining, nicht bei Schularbeiten und schon gar nicht in der sogenannten romantischen Liebe.

Ich befand mich generell ausgesprochen gern in Gesellschaft älterer Frauen, nicht nur auf dem Friedhof. Auch die regelmäßig stattfindenden Nachmittage mit der Großmutter und Frau Rosi inspirierten mich, vor allem, wenn die beiden alle unbefriedigenden Enden der Geschichten aus ihrer Vergangenheit mit einem »Jaja, so war das halt damals« egalisierten.

Das gefiel mir, was hätte man auch schon groß unternehmen sollen gegen die Zwänge der Zeit, ich fand viele Frauen in dieser letzten Lebensphase erfrischend aufrichtig. Wenn man Kinder bekommen habe, sei es eben vorbei gewesen mit der Freiheit, die auch schon vorher nur eine dürftige gewesen sei, erzählten mir die Frauen auf dem Friedhof. Wenn der Mann nicht soff und ausreichend Geld nachhause brachte, war er einer von den Guten, und wenn ihm hin und wieder die Hand ausrutschte, wird er schon seine Gründe dafür gehabt haben. Was hätte auch ein Aufstand gebracht, wenn allein zu sein die Höchststrafe dargestellt habe, fragten sie mich, und ich wusste darauf keine passende Antwort, schließlich war ich erst um die dreizehn. Aber ich dachte dann an Frau Rosi, an den lungenzersetzenden Nebel, in dem sie seit Jahren hauste, da konnte ich ihnen nicht wirklich aufrichtig widersprechen, ohne eine Lösung für diese Problematik parat zu haben, obwohl mir die persönliche Freiheit auch für Frauen durchaus als hohes Gut erschien.

Irgendwann fing ich an, bei jeder sich bietenden Gelegenheit (die Geigenlehrerin stellte sich trotz didaktischer Schwächen immerhin als gute Anlaufstelle für neue Kontakte heraus) bewusst nach interessanten älteren Frauen zu suchen, meine seltsam anmutende Gesellschaftsbörse füllte ich hauptsächlich mit pensionierten Lehrerinnen und ihren Freundinnen. Es war mir ein Leichtes, einen großen Bedarf an Nachhilfestunden zu entwickeln und das nötige Personal nach meinen Vorlieben zu filtern.

Witwen mochte ich am liebsten, die hatten nach einer angemessenen Trauerphase die meisten Energien für mich und meine Versorgung übrig. Die Großmutter war kulinarisch zwar sehr bemüht, aber komplett untalentiert, und das immer größer werdende Angebot an Tiefkühlessen tat sein Übriges, da sie es meistens auch zum Angestelltenpreis aus dem Konsum beziehen konnte. Ich hasste alle Fertiggerichte und litt unter der aufkeimenden Mode, der österreichischen Bevölkerung und damit auch der begeisterungsfähigen Großmutter manch vermeintlich exotisches Gericht in Form dubioser »Reispfannen indischer Art« nahebringen zu wollen. Daher vermied ich es, zuhause lustlos lauwarmen gelb eingefärbten Reis mit knorpeligen Fleischstücken und beigemengten Dosenananas zu löffeln, indem ich meine Nachhilfestunden allesamt in die Mittagszeit legte.

Ausnahmslos waren die Damen innerhalb kürzester Zeit davon überzeugt, mich aufpäppeln zu müssen, und so fraß ich mich durch ein vielfältiges Angebot an Mittagsmenüs, bevor der Unterricht losging. Überwürzte Frittatensuppen mochte ich genauso wie kalte Reste vom Schweinsbraten mit Brot, scharfem Senf und Kren, ich verschmähte nichts, was mir vorgesetzt wurde, verschlang zum grenzenlosen Entzücken meiner Versorgerinnen sogar ranzige Fettränder mit vorgetäuschtem Genuss, um sie in ihren Bemühungen nicht zu demotivieren.

Ich vertiefte meine Kenntnisse im Bruchrechnen zeitgleich zur Einsicht in unterschiedlichste Lebensrekapitulationen, eine duale Lernstrategie, die Wunder bewirkte. Hingerissen lauschte ich den Geschichten über Unterdrückung und Betrug, von Männern, die, beseelt von einer neuen Liebe, ihr Leben zurück an den Start setzen wollten, das Familienvermögen natürlich vorher in Sicherheit gebracht, alle Spuren verwischt und von der eigenen Großherzigkeit begeistert, wenn sie der ausrangierten Frau gönnerhaft eine Garçonnière am Ortsrand spendierten, sie an einen hässlichen Neubau mit knallgelben Balkongeländern direkt neben dem Einkaufszentrum fesselten und somit sicher sein durften, dass von dieser Frau nie wieder eine Störung ausgehen konnte, würde sie in Zukunft ja schon ihre gesamte Kraft dafür aufwenden müssen, auch nur wieder in den Ortskern zu fahren. Die drei Kreisverkehre auf dem Weg dorthin waren gemeinhin bekannt als häufige Unfallstellen und die meisten Frauen hatten das Autofahren in der Ehe verlernt oder erst gar nie beherrscht. Man drehte sie so lange im Kreis, bis sie endgültig die ohnehin verkümmerte Orientierung verloren.

Viele wohnten auch in den Einliegerwohnungen gruseliger alter Häuser, die ländliche Architektur speziell in der Liebstätter Region verursachte mir kalte Schauer, beim zufälligen Vorbeifahren oder Betreten der allesamt ähnlichen Vorzimmer, in denen der Steinboden mit der leicht feuchten Holzvertäfelung an der Wand und dem bissigen Schweißgeruch der Schuhe ein unverwechselbares olfaktorisches Kräftemessen ausfocht. Abstoßend fand ich auch die Walmdächer mit ihren streberhaften »Stirnfransen«, die von Asbestfasern durchsetzten Eternitplatten und die unzähligen ortsüblichen Erker, unsinnige Ausbeulungen, immer eine Spur zu klein und als nie genutzte Leseecke für Haushalte ohne Bücher konzipiert.

Im Erdgeschoss wohnte die alte Frau, früher Mutter, jetzt Oma, bald Urli und dann stand nur mehr der Tod an, im Obergeschoss residierte die Familie, deren Oberhäupter schon heimlich verschiedene Umbaupläne und Finanzierungsstrategien auf passwortgeschützten Disketten horteten für »danach« und deren Kinder früh Meisterschaft im lautlosen Stufensteigen erreicht hatten, damit bloß nicht »die Oma rauskommt«, um sie mit redundanten Fragen über den kindlichen Alltag zu quälen.

»Na, wie war es heute in der Schule? Viel gelernt? Magst du später vielleicht ein Stückerl Guglhupf?«

Diese verblassten Altmütter langweilten sich mit spürbarer Verzweiflung, mehr als die Gartenarbeit gab es nicht mehr als Fixpunkt in ihren Leben, sie warfen den Kompost auf die Beete und rupften mit schmerzenden Fingern das Unkraut, kochten Marmeladen aus Früchten, von denen ich nicht einmal wusste, dass sie essbar waren. Die Großmutter begeisterte sich für jedes einzelne Glas Marmelade aus alten Fruchtsorten, das ich nachhause brachte, genauso wie für alles andere, was sie nicht selbst zubereiten musste.

Ich genoss es natürlich, dermaßen umsorgt und unterhalten zu werden, hätte mich aber selbstverständlich nie der Illusion hingegeben, dass es ausgerechnet für mich selbst eines Tages anders werden sollte. Trotz meines eigenen Alters begriff ich den unausgesprochenen Konsens der jungen Menschen nicht, das Alter von sich weg zu abstrahieren, nur um später punktgenau dort zu landen, wo alle landeten, aber unvorbereitet, in tonlosem Entsetzen darüber, plötzlich wie aus dem Nichts als nutzlos zu gelten.

Mit der immer sichtbarer werdenden Annäherung des Todes an meine Nachhilfelehrerinnen hatte ich jedoch Probleme. Wenn der Verstand der Frauen sich im Laufe unseres Kontaktes allmählich eintrübte, ich den Erzählsprüngen nicht mehr folgen konnte, schon alles gehört hatte, was es aus dem jeweiligen Leben zu hören gab, war es an der Zeit weiterzuziehen. Es fiel mir nicht immer leicht, mir war meine eigene Charakterschwäche bewusst, aber ich musste mich nichtsdestotrotz schützen vor der Aussichtslosigkeit ihrer letzten Jahre, fühlte mich nicht imstande, diese Last im Alleingang zu schultern.

Um sie nicht zu kränken, täuschte ich ihnen schulische Erfolge vor, die den Nachhilfeunterricht obsolet machten, und überzeugte gleichzeitig die Großmutter davon, dass sie ihr Geld wohl besser in eine neue Nachhilfelehrerin investieren sollte, weil die aktuelle bedauerlicherweise mit beginnender Demenz zu kämpfen hatte. Da ältere Frauen preisgünstig und breit verfügbar waren, stellte das nicht weiter ein Problem dar, im Gegenteil, die Großmutter war durchaus angetan von meinem vermeintlichen Sinn für Preisleistung und ich wechselte von einem Ortsende an das andere, passte die Verdauung an neue deftige Mittagsgerichte und den Geist an eine bis dato unbekannte Lebensgeschichte an.

Am tiefsten von allen beeindruckte mich Frau Schöberl, ihre Art, das Gesäß leicht anzuheben und mit

Gottvertrauen und unschuldigem Gesichtsausdruck loszufurzen, machte mich sprachlos. Ich musste es erst mehrfach erleben, bevor ich fähig war, überhaupt zu fassen, dass jemand mit einer solchen Nonchalance seine Flatulenzen freizulassen vermochte. Auch abseits ihrer Darmwinde war sie eine hochinteressante Person, eine ehemalige Theaterdramaturgin mit bemerkenswert klarem Verstand, was meinen Zukunftsplänen sehr gelegen kam, bald vergaßen wir zur Gänze auf den bezahlten Lateinunterricht und unterhielten uns hauptsächlich über Literatur. Frau Schöberl fand zu jedem Standardwerk eine Brücke in ihr eigenes Leben und brachte mir fast unbemerkt alle großen Dramatiker nahe. Wir konnten stundenlang darüber diskutieren, ob Shakespeare wirklich nur eine einzige Person gewesen war, ob es überhaupt im Bereich des Menschenmöglichen war, dieses Gesamtwerk ohne Beteiligung weiterer Autoren zu verfassen. Mein Hinweis auf Thomas Brezina und dessen ebenfalls unmenschlich anmutendes Gesamtwerk belustigte sie zwar, aber ich bin mir sicher, dass ich ihre fixe Idee vom »Shakespeare-Kollektiv« damit doch ins Wanken brachte. Sie gab mir *Nur Kinder, Küche, Kirche* von Franca Rame und Dario Fo zu lesen und erzählte von ihrem persönlichen Höhepunkt in der Nachkriegszeit, als sie einen fixen Vertrag am Linzer Landestheater angeboten bekommen hatte, nicht wissend, dass sie im dritten Monat schwanger war. Die Wut über die dadurch notwendige Ablehnung dieser einmaligen Gelegenheit habe sie noch durch die gesamte Schwangerschaft begleitet, ja sogar die folgenden Jahre, berichtete sie mir.

Aus dem Kind wurde später ein Tierschutzaktivist, der noch im höheren Alter im Felltanga auf Einkaufsstraßen gegen Pelztierhaltung protestierte. Das überraschte mich nicht weiter, wurde er doch schon im Mutterleib überschwemmt von unterdrückten revolutionären Gefühlen, auf diese Art entstehen wohl die interessantesten Persönlichkeiten, geprägt auf Krawall schon durch die Plazenta. Von welchen Gefühlen ich selbst im Mutterleib überschwemmt worden war, wollte ich gar nicht erst herausfinden.

Frau Schöberl und ich trafen uns über mehrere Jahre wöchentlich zur Nachhilfe, dann erlitt sie bedauerlicherweise eine Hirnblutung und kam in ein Pflegeheim, in dem ich sie nie besuchte. Dafür gab es neben nicht erforschten auch modische Gründe, nämlich die hinten offenen Krankenhaushemden, die mich vom Aufsuchen derartiger Anstalten abhielten. So sehr ich die Lebensgeschichten alter Menschen mochte, so wenig ertrug ich die Vorstellung, ihr schlaffes Fleisch langsam durch die Gänge wandern zu sehen, noch dazu, wenn sie sich selbst nicht mehr dessen bewusst waren. Fehlendes Gefühl für den Zustand der Hinteransicht konnte ich schon bei Bauarbeitern nicht tolerieren. Manchmal schnipste ich im Vorbeigehen Kaugummipapierkügelchen in offen dargebotene Poritzen, aber ich schweife ab, bewusst in die Belanglosigkeit, um meinem schäbigen Charakter wenigstens ein bisschen Witz zu verleihen. Junge Menschen und körperlicher Verfall passen einfach nicht zusammen, einem moralischen Urteil über sich selbst muss man sich da einfach enthalten.

Frau Schöberl fehlte mir entsetzlich, aber ich hätte es nicht ertragen, sie in einem Absterbenszustand zu erleben. Mir selbst nicht glaubwürdig setzte ich hin und wieder ein Besuchsdatum fest, in dem latent quälenden Bewusstsein, dass ich es ungenutzt verstreichen lassen würde. Einmal stand ich sogar schon vor dem Pflegeheim, rauchte Kette und konnte damit nicht mehr aufhören, nur um nicht durch die Drehtür hineingehen zu müssen. Ich blieb vor dem Eingang stehen, bis ich Angst bekam, dass sie mich zufällig von einem Fenster aus beobachten könnte, also fingierte ich einen gehetzten Blick auf meine Armbanduhr und glaubte aufgrund meiner von mir hoch eingeschätzten schauspielerischen Authentizität beinahe selbst, dass ich mich jetzt aber wirklich beeilen musste, um noch den letzten Bus zu erwischen.

Im Gegensatz zu meinen zahlreichen anderen alten Damenbekanntschaften blieb ich Frau Schöberl den Rest ihres Lebens treu. Ich suchte mir keinen Ersatz für sie, nahm meine schulischen Defizite in Kauf, da sie ohnehin nie von bedrohlicher Natur gewesen waren, und durchforstete regelmäßig die Todesanzeigen aus der Region, immer mit erhöhtem Puls und vermeintlich dunkler Vorahnung, bis sie vierzehn Jahre später tatsächlich verschied. Ich las ihren Namen dreimal hintereinander laut, erkannte ihren Geburtstag und sagte: »Na geh.« In diesem seit Langem erwarteten Moment war ich traurig und erleichtert gleichermaßen, denn auch nur theoretische Treue war mit einer permanenten Grundanstrengung verbunden.

Frau Schöberl zu Ehren gab ich bei meinem ersten Schauspielschulvorsprechen eine Szene aus *Nur Kinder, Küche, Kirche*, den »Monolog der Nutte aus der Heilanstalt«, was verstörend auf die Jury wirken musste bei einer Fünfzehnjährigen, die ihren Ausweis auf sechzehn gefälscht hatte. Ich trug zerrissene Strumpfhosen und ein paillettenbesetztes Minikleid, meine eindimensionale modische Vorstellung einer Prostituierten, und rauchte ganze zwei Zigaretten während des Monologs, und zwar schneller, als ich den Text vortrug, danach war mir schwindelig:

Wissen Sie, Frau Doktor, ich mag die Bezeichnung Prostituierte nicht so, ich nenne mich lieber Nutte, weil das jeder versteht, oder? Meinetwegen, ich hab verstanden. Mit meiner ersten sexuellen Erfahrung. Wie ich meine erste sexuelle ... Also, an die erinnere ich mich nicht mehr, aber dafür an meine zweite. Ach was, über die erste kann ich nichts sagen, weil ich damals zu klein war. Als meine Mutter mal Streit hatte mit meinem Vater, hat sie mir davon erzählt.

Drei der fünf Schauspiellehrer verliebten sich sofort in mich, daran bestand kein Zweifel, wenn sie sich mit verschränkten Armen im Sessel zurücklehnten, meine Gesamterscheinung, vielleicht auch nur die Figur, musterten und süffisant lächelten während des gesamten Vorsprechens. Offenbar vermuteten sie einen intuitiven Zugang zum Sexuellen bei mir, aber ich ließ mich dadurch nicht beirren, sollten sie doch selbst mit ihren Altmännergefühlen zurechtkommen, im Gegenteil, es spornte mich zur Höchstleistung an, auch wenn ich nicht eindeutig wusste, ob sie gerade ausschließlich die akribisch erarbeitete Rollengestaltung bewerteten. Im Zweifel für die Angeklagten, damals war ich diesbezüglich noch erfrischend gut gelaunt und der irrigen Meinung, dass meine Persönlichkeit einnehmend genug war, um mich nicht nur auf körperliche Merkmale reduzieren lassen zu müssen.

Bis zur tatsächlichen Aufnahme an der Schauspielschule ein paar Jahre später sollten die Herrschaften noch ausreichend Gelegenheit haben, an ihren väterlichen Mentorenfähigkeiten zu feilen, um mich dann während der konzentrierten Szenenarbeit beim plötzlichen Schwenk ins Sexuelle durch explizite Regieanweisungen endgültig zu desillusionieren.

Ich war aufgrund einer recht speziellen Improvisation als vielversprechende Theaterhoffnung aufgenommen worden, ein Glücksfall sondergleichen, eine von dreihundert Vorsprechenden, davon sicherlich zwei Drittel weiblich, ein Mädchen von vieren im Jahrgang. Diese Statistik trug ich jahrelang stolz im Kopf herum, während ich ausblendete, dass wir von der routinierten Schulleitung perfekt zusammengestellt worden waren, jeder Jahrgang nach denselben Kriterien, ein Typus für jeden Geschmack und jedes Bühnenfach – groß, klein, süß, gouvernantig –, diese lupenreine Marktentscheidung auf keinen Fall akzeptierend war ich immer nur auf der Jagd nach der ungreifbaren Größe des Talents. Wir nickten genervt, aber verständig, wenn von Fleiß und harter Arbeit als wichtigen Erfolgsfaktoren die Rede war.

Das mochte sogar bedingt seine Richtigkeit haben, verlockend war es nicht, da für jedermann erreichbar, der nur etwas Disziplin und Durchhaltevermögen aufbrachte. Der heilige Gral aber war das unverdünnte Talent, am besten ein für die restliche Menschheit unübersehbares, ein elitäres Privileg, das die Spreu vom Weizen trennte und schnell die Hierarchien innerhalb der Gruppe klarstellte. Die Anforderungen an unsere Leistungen wechselten jedoch ständig und man konnte sich eigentlich nur dessen sicher sein, dass man sich seines eigenen Talents eben nie sicher sein konnte. So blieben der Betrieb in Bewegung, die Illusion am Leben und die geknüpften Freundschaftsbande fragil.

Eine Strahlkraft auf der Bühne, eine Erscheinung hatte man zu sein, ich probte den großen Auftritt bei jedem beliebigen Türöffnen. Es war ein erhabenes Gefühl, wenn man aus der Damentoilette schritt, die Hektik im Kaffeehaus mit dem Aufschwingen der Tür in Zeitlupe brechend, langsam und vorsichtig schob man sich hinein in das profane Leben, die Augen richteten sich auf einen, man nahm es wahr, ohne hinzusehen, pumpte eine Dosis Weltschmerz in die Iris und setzte wie in Trance einen Fuß vor den anderen – die geborene Protagonistin.

Ich kann im Nachhinein nicht behaupten, keine Aufmerksamkeit bekommen zu haben, leider haben sich aber jene Auftritte, bei denen ich gegen Schirmständer stieß, den gestressten Ober anrempelte oder gar über meine eigenen Absätze stolperte, am tiefsten in meiner Erinnerung eingegraben, obwohl es durchaus vorkam, dass mir Fremde zu meiner Erscheinung gratulierten. Meist waren es Südasiaten, hauptsächlich Inder oder Pakistani, irgendetwas schien ich an mir zu haben, was diesem Kulturkreis besonders positiv ins Auge stach. Wahrscheinlich die natürliche Tauglichkeit für die zu dieser Zeit in Österreich noch weitgehend unbekannten Bollywoodfilme, meine Auftritte waren dramaturgisch alle groß angelegt, es fehlte eigentlich nur die Musik außerhalb meines Kopfes. Und eventuell noch eine Windmaschine.

Ich mochte die Schüchternheit dieser kleinen Männer, die mich verlegen ansahen und dann »Excuse me, I don't want to disturb you, but you are a very beautiful woman!« sagten. Eine willkommene Abwechslung zur früheren Liebstätter Ortsjugend, die ausschließlich unter Alkoholeinfluss zwischenmenschlich aktiv geworden war und deren Anbahnungsstrategie sich auf schlichte Punktebewertungen der sekundären Sexualorgane beschränkt hatte. »Thank you, that's very kind of you«, antwortete ich routiniert und daraufhin starrten wir uns ungefähr zwei Sekunden lang unschlüssig an, unüberwindbar getrennt durch Geschlecht und Unkenntnis der weiteren Vorgehensweise des jeweiligen Kulturkreises, bevor ihre stramm gebundenen Turbane wieder im Gewirr der Großstadt verschwanden.

Solche Komplimente taten mir gut in einer Zeit, in der ich systematisch zerlegt werden sollte an der Schauspielschule, ein übliches, fast mechanisches Vorgehen im Rahmen dieser Ausbildung. Die Lehrenden bemerkten rasch, dass sie es mit einer überaus gefestigten und geistig unbeweglichen Person zu tun hatten. Wie schon im Schwimmbecken konnte man mich auch auf der Bühne nur selten zu echter Anstrengung animieren, ich bevorzugte verbale Rollen mit einem geringen Bewegungsradius und wenigen bis am liebsten gar keinen Gefühlsausbrüchen. Die Lady Milford absolvierte ich eingeschnürt in ein Korsett, das mehr Aufmerksamkeit auf sich zog, als ich dem Text Friedrich Schillers gegenüber angebracht fand. Die Medea legte ich flüsternd an, um die von Kindsmord und Raserei strapazierten Stimmbänder zu schonen. Gott sei Dank spielte ich zu Ausbildungszwecken nur eine Szene aus dem Stück, somit blieben mir Kindsmord und Raserei in der Praxis erspart, eine gute Entscheidung angesichts meiner nicht profunden Lebenserfahrung im Bereich Mutterschaft.

Einer der Schauspiellehrer brachte mich immer wieder in Wallung, rief absurde Subtexte (»Dem Jason, dem Beidl, dem werd ich's zeigen!«) auf die Probebühne und eines Tages warf er, ganz in Manier meines früheren Schwimmtrainers, sogar eine Wasserflasche nach mir, die sich beim Aufprall entleerte, woraufhin ich bewusst so ausrutschte, dass aufgrund meiner Hüftprellung die parallel einstudierte Lady Milford tatsächlich im Liegen inszeniert wurde. Die Aufführung blieb meine Sternstunde auf einer Bühne, hämisch rief ich aus meinem hüftstützenden Kissenlager nach dem Bauerntrampel Luise und malte mir im Kopf aus, wie ich ihr bei geringstmöglichem Aufwand die gesamte Jugend versauen könnte.

Die Arbeitsethik am Theater war mir von Anfang an zuwider, nicht nur fehlte mir jegliche Begeisterungsfähigkeit für redundante Schockinszenierungen, ich konnte mich auch überhaupt nicht anfreunden mit der damals gängigen Mode, alle Schauspieler das gesamte Stück über auf der Bühne zu behalten, obwohl sie gar nicht eingebunden waren in die Szenen. Oft saß ich auf einem wandelbaren Kubus aus Pappmaschee (»Es ist, was du willst, dass es ist, du musst es nur fühlen«) und nickte zustimmend, zog entrüstet die Augenbrauen hoch oder langweilte mich demonstrativ, ohne zu ahnen, dass mir diese situationsbegleitenden mimischen Fähigkeiten im restlichen Leben noch von Vorteil sein würden. Ich lernte notgedrungen, die szenische Entwicklung nur mit unterschiedlichem Anspannen meiner Gesichtsmuskeln zu kommentieren, ja sogar zu verändern. Einem Stück nahm ich mit gekonnter Augenbrauenakrobatik sogar die gesamte Dramatik, die Hauptdarsteller schluchzten im Angesicht ihrer zerbröckelnden Liebesbeziehung, das Publikum lachte über die zynische Distanz meiner Brauen zu jeder Art exaltiertem Gefühl. Der Regisseur wollte mich danach zu einer Strafzahlung verdonnern, ich hätte sein Stück geschändet, schrie er, aber er war aus Barcelona und nicht firm genug im österreichischen Bühnenrecht, um damit durchzukommen. Dabei fand ich mich selbst alles andere als provokant, ich hätte nur gern die Bühne verlassen und in der Garderobe ein Börsenmagazin gelesen, wenn es ohnehin nicht um mich ging.

Obendrein litt ich auch unter dem Zwang zur Innovation, Hauptsache Uraufführung war die Devise der frühen Zweitausender, man drückte oft ein oder zwei Augen zu bei der Textqualität. Wenn ich dann zum wiederholten Male oben ohne und kopfüber an einem schlechten Nachbau des Riesenrades baumelte, immer in Sorge, es könnte einstürzen, immer voller Scham ob der dadurch unvorteilhaften Form meiner Brüste, verließ mein Körper die Szenerie, während mein Mund etwas in der Art von »Ficken, ficken, Blut, Kot, Pisse, ficken, ficken!« absonderte, natürlich in einem exquisit zersetzten, zermürbend häufig geprobten Rhythmus. Ich dachte dann daran, dass es die vierte Uraufführung in Folge war, zu deren Premiere ich die Großmutter besser nicht einlud, und war traurig über meine beruflichen Zukunftsperspektiven.

Man kann es formulieren, wie man will, natürlich auch weniger drastisch oder noch um ein Vielfaches drastischer, aber es ist am Theater wirklich von Nachteil, wenn einem die Fähigkeit fehlt, sich seriell und produktionsbedingt immer wieder neu zu verlieben. Rasch und unkompliziert, natürlich ausschließlich im Namen der Kunst. So blieb ich im Hintergrund, sichtbar und doch nicht wahrgenommen, für jede echte Schauspielerin ein Todesurteil, für mich nicht weiter unangenehm, abgesehen von den unerträglich flexiblen Arbeitszeiten.

Meine Antriebslosigkeit machte mich immerhin beliebt bei Kolleginnen, von mir wurde im Allgemeinen keine große Konkurrenz gefürchtet, was mir zu einigen Engagements verhalf, wenn die erste Wahl verhindert war. Auf der Suche nach einer würdigen Vertretung landete man zwangsläufig bei mir, ich spielte passabel und war jederzeit bereit, wieder Platz für jemand anderen zu machen.

Die Ausbildung schloss ich in dem Wissen ab, auf keinen Fall weiterhin in diesem Bereich zu arbeiten, um Bühnen im Allgemeinen zukünftig einen großen Bogen zu machen, wenngleich ich ihre Anziehung nachvollziehen konnte, hielt ich sie doch für hochgefährliche Orte der psychischen Destabilisierung. Es war bedauerlicherweise ein Trugschluss gewesen, von der Begeisterung für ein Sommertheater und mehr noch für einen bestimmten Teilnehmer dieses Sommertheaters auf einen Berufswunsch zu schließen. Ich hätte mich von Anfang an ausschließlich auf den Mann konzentrieren sollen, die Begeisterung für ihn war die einzige von Bestand.

Nach dem unvergesslichen gemeinsamen Sommer am Stadttheater sah ich ihn jahrelang nur sporadisch, wir besuchten unterschiedliche Schulen und verkehrten auch sonst nicht in denselben Kreisen. Ich versuchte nicht mehr ihn anzusprechen, wenn ich ihn irgendwo zufällig zu Gesicht bekam, den gescheiterten Versuch am Liebstätter Stadtplatz mit seinen Tauben konnte ich nicht vergessen und es hatte sich auch direkt nach dem Kurs wieder die übliche Distanz einer losen Jugendbekanntschaft zwischen uns eingestellt, quasi gleichzeitig mit dem Theatervorhang, der sich nach der letzten Vorstellung langsam schloss, eine Unvermeidbarkeit in diesem Alter der freiwilligen peniblen Geschlechtersegregation.

Ich wusste, dass wir füreinander bestimmt waren, deswegen hatte ich keine Eile, mir reichte es, wenn er mich hin und wieder aus den Augenwinkeln wahrnahm, mir vielleicht sogar fast unsichtbar zunickte, ein sanftes Neigen des Kopfes, vor Freude geweitete Pupillen, mehr brauchte es nicht, ich fand es gut, dass wir noch die Möglichkeit hatten, uns anderweitig auszuleben, bevor er die Stadt zum Studium Richtung Wien verlassen würde und ich ihn vorher dauerhaft an mich gebunden hätte. Das Gelingen dieses Planes stellte ich nicht in Frage, dazu hatten wir in diesem Sommer zu viele Gelegenheiten gehabt, uns ausgiebig zu unterhalten. Wir gehörten zusammen, weil wir vieles gleich empfanden, aber mehr noch, weil wir in manchen Bereichen wunderbar unterschiedlich waren, ich vermeinte Nischen in ihm zu erspüren, in denen ich mich gemütlich einrichten wollte. Wir sprachen im Nachhinein oft über diese seltsame Fixierung, er fühlte ähnlich wie ich, war aber gedanklich nicht sortiert genug, um zielgerichtet vorzugehen.

Um mir diese innere Ruhe überhaupt zu erlauben, hatte ich bald einen Schulwechsel provoziert, auf Dauer erschien mir eine reine Mädchenklasse mit katholischer Prägung zu wenig praxisorientiert für das echte Leben. Nichts gegen Gott persönlich, ich stand dem Katholizismus interessiert gegenüber, fand aber den allgemeinen Zugang nicht mehr zeitgemäß, weniger Unterwerfung, mehr Anwerbung, so hätte ich mir das im Optimalfall vorgestellt – was kann mir ein Gott bieten, damit ich mich dauerhaft an ihn binde? Naturgemäß unterstützten die Nonnen meinen gewagten Glaubensansatz nicht im Geringsten, das Entsetzen war groß und erforderte einen Sprechstundenbesuch der Großmutter, als ich es tatsächlich wagte, meine persönliche Sicht im Religionsunterricht darzulegen, und zu allem Überfluss noch einen ketzerischen Vergleich zwischen der katholischen Kirche und der Buchgemeinschaft Donauland zog. Bis zur Adoleszenz eingesperrt in dieses Geistesgefängnis mit Kiefernwäldchen und Parkanlagen hätte ich die Fährte des Mannes wohl eher früher als später ganz verloren.

Ich war es außerdem leid, dass meine ersten modischen Aufwallungen allesamt unverzüglich zensiert wurden, beispielsweise aufgrund von zu viel nackter Schulterhaut. Es war unfassbar. Spaghettiträger wurden als lasterprovozierende Erfindung des Leibhaftigen behandelt, als lauerte die Befleckung hinter jeder Ecke. Ich diskutierte mit den Nonnen darüber, die dünnen Trägerchen als keusche Alternative zu schulterfreien Schlauchtops darzustellen, denn das Rutschen des Oberteils wurde durch sie genauso gut verhindert wie durch etwas dickere, aber Schwester Jakobe, zuständig für Moral und Physik, ließ nicht mit sich reden, im Gegenteil, man hätte denken können, dass sie Lust empfand bei ihren ebenso ausschweifenden wie hölzernen Ausführungen (»Dann führt das eine zum anderen, man weiß das ja«) über die möglichen Schweregrade der Verfehlungen, im schlimmsten Fall gipfelnd in einer Schwangerschaft, andere Umstände, die man unter allen Umständen zu vermeiden hatte.

Ich schaffte es nicht, ihr auf angemessene Art zu vermitteln, dass meine Bereitschaft zu Befleckungen aller Art weitaus geringer ausgeprägt war als bei den meisten anderen Mädchen in der Klasse, ich sozusagen eine Befleckungsresistenz ausgebildet hatte, früh sogar, eine überlebenssichernde Maßnahme. Wir kommunizierten, jeweils ungerührt von der Gesprächspartnerin, komplett aneinander vorbei. Ein Disput mit einer Frau, die der Welt kraft ihres polygamen Ehemannes nicht einmal ihr Haupthaar präsentieren durfte, war eine Schlacht auf verlorenem Boden, das sah ich schnell ein.

Die nächste Faschingsfeier nutzte ich, um trotzig und auch wenig originell als schwangere Nonne aufzutauchen, den Schleier schiefsitzend und mit zwei unter den billigen Habit gestopften Sitzkissen als Bauch. Ich habe mich nie wieder dermaßen schlecht amüsiert auf einem Gschnas, kann aber nicht umhin, auch meinen Anteil an dieser für alle Beteiligten unangenehmen Situation anzuerkennen. Schwester Jakobe tat mir leid, als sie mir mit hochrotem Gesicht und aus vollem Halse brüllend den Schulverweis sozusagen spuckend ins Gesicht stenografierte.

Es war ein skandalöser Abtritt der Undankbaren, selbst die Krankenschwesternonne verweigerte mir den Abschiedsschnaps, stattdessen überreichte sie mir mit traurigen Augen den Jahreswandkalender der katholischen Jungschar, ein Konglomerat verschiedenster Sinnsprüche zum Thema Nächstenliebe und Mäßigung. Ein bisschen mulmig war mir schon zumute, ich wusste, dass ich den Geruch nach Weihwasser und Bienenwachs vermissen würde, das Schulleben im Kloster war bei allen Einschränkungen doch von Überschaubarkeit geprägt, ich war mir plötzlich gar nicht mehr sicher, ob ich in der freien Wildbahn der ungefilterten Öffentlichkeit ebenfalls bestehen konnte, aber jetzt war es zu spät, der zeitnahe Schulwechsel unvermeidbar.

Die Reaktion der Großmutter fiel hingegen verhältnismäßig milde aus, es war ihr nicht unrecht, dass ich von nun an auf einen Platz an der öffentlichen Schule im Nachbarort angewiesen war, denn dort, so hoffte sie, seien die Nebenkosten doch um einiges geringer. Die zahlreichen geplanten Sprachreisen der kommenden Schuljahre hätte sie mir sowieso nicht finanzieren können, sagte sie trocken, und wozu überhaupt erst Französisch lernen, wenn die Chancen, in die Oberschicht einzuheiraten, ohnehin dürftig ausfielen. Die Großmutter meinte das ernst, diese pragmatische Sicht auf das Erlernen diverser Fremdsprachen war eine der Nebenwirkungen ihres maßlosen Opernkonsums im Fernsehen. Die drei Tenöre sangen sich nicht nur völlig mühelos in ihr unbesetztes Herz, auch jeder Opernplot musste für Referenzen im echten Leben herhalten. Dieses eine Mal gab ich ihr recht, verschwieg aber meinen Hauptbeweggrund für die Revolte, nämlich, dass ich es kaum erwarten konnte, täglich in der Nähe meines zukünftigen Mannes zu sein, und mich diesbezüglich nach baldiger Entspannung sehnte, ich wollte einfach nicht mehr ausschließlich von zufälligen Begegnungen abhängig sein.

An der öffentlichen Schule konnte ich ihn ohne großen Aufwand im Auge behalten, weitere Informationen über seine Persönlichkeit zusammentragen und nebenbei auch noch die Art von Erfahrungen sammeln, die ich für wichtig erachtete. Schnell eingelebt verliebte ich mich aufgrund des ungewohnten Angebots an männlichen Wesen monatlich neu, ohne Tiefgang, aber dafür kontinuierlich und mit einer nicht verhandelbaren Ernsthaftigkeit, um meine schreckliche Schüchternheit, die niemandem außer mir selbst als störend auffiel, in den Griff zu bekommen.

So widmete ich mich den klassischen Lieben der frühen Jugend, das hieß unterwürfige Anbetung bei kargem Realkontakt. Ihre Aussichtslosigkeit und die unzähligen Stunden, die man damit verbringen konnte, auch nur die allerkleinsten Anzeichen einer möglichen Gefühlsresonanz zu analysieren, waren auch schon das Beste daran. Ich verteilte meine unbemerkte Zuneigung gerecht auf die fünf Mitglieder der Schulband, eventuell mit einem etwas stärkeren Hang zum Bassisten, er konnte auch mit Worten gut umgehen, seine Schulaufsätze begeisterten mich jedes Mal, wenn ich nach dem Nachmittagsunterricht das Schreibtischfach unseres gemeinsamen Deutschprofessors durchsuchte.

Das Liebesleben des Mannes zu dieser Zeit war um einiges unorigineller, er himmelte die Klassenschönheit aus der Ferne an und erledigte brav die üblichen Frondienste der amourös Erfolglosen, also Hausübungen abschreiben lassen und unentgeltlichen Nachhilfeunterricht geben.

In seinem Maturajahr veranlasste ich die Fusionierung unserer Freundeskreise, ein Unterfangen, das ich monatelang akribisch vorausgeplant hatte. Der Umstieg auf die öffentliche Schule war mir wider Erwarten leichtgefallen, alle Befürchtungen bezüglich Außenseitertums hatten sich als unnötig erwiesen und ich hatte schnell bereut, nicht schon früher einen Wechsel provoziert zu haben. Die strengen Lernziele der Klosterschule kamen mir die ersten Semester sehr zugute, danach hatte ich mich erfolgreich an das niedrigere Niveau angepasst und übersetzte die Lateintexte wie alle anderen nach diffusem Sprachgefühl und mit größtmöglicher Abhängigkeit vom Stowasser-

Wörterbuch. Mein Sozialleben gestaltete sich um einiges belebter als ausschließlich unter Mädchen, ich verstand schnell, welche zwischenmenschlichen Anforderungen an die jugendliche Paarbeziehung gestellt wurden, rein aus der beobachtenden Perspektive. Streckenweise war ich so zufrieden mit meinem Alltag, dass ich mich beinahe jugendpolitisch engagiert hätte, aber dann ließ ich es doch bleiben und konzentrierte mich auf mein zukünftiges Liebesleben, indem ich aus meinem sicheren Freundeskreis heraus zarte Bande in Richtung des Mannes knüpfte.

Unsere erste offizielle Zusammenkunft seit dem Sommertheater fand auf der Geburtstagsfeier einer Schulfreundin statt – geschickt von mir eingefädelt. Ich ging im Vorfeld davon aus, dass er mich nicht vergessen haben konnte, er hatte bei unseren zufälligen Treffen auf den Schulfluren Anzeichen eines Wiedererkennens gezeigt, ein angedeutetes Lächeln, eine hochgezogene Augenbraue, deswegen legte ich für diesen Abend bewusst meine schönste Gewandung an, nämlich einen müffelnden, aber umso mondäneren Fellmantel vom Liebstätter Flohmarkt und ein goldfarbenes, leicht entflammbares Folklorekleid mit Stehkragen aus dem Asia-Shop, das ich mir auf der Wienwoche gekauft hatte.

Ich betrat den Raum, spürte sofort seinen Blick und den Rest des Abends tat ich nichts mehr, was nicht eigentlich für ihn bestimmt war, jeder Scherz mit den anderen, jede Bewegung, jedes Zupfen am Seitenschlitz des Kleides. Wir klärten unseren Bekanntheitsstatus von früher schnell, erzählten lachend Anekdoten aus unserem Sommer bei den Theaterclowns, übertrieben und zerdehnten die gemeinsame Vergangenheit zu einer Legende, die Freunde waren irritiert von einer derartig spürbaren Anziehung zwischen uns, sie bemühten sich teilzuhaben, aber die Fliehkräfte wirkten zu stark und drängten sie an den Rand, wo sie immer wortkarger und bekümmerter standen, im dämmernden Bewusstsein, nur Publikum bei einem epochalen Ereignis zu sein.

Den Abend beendete ich in der festen Überzeugung, dass wir getrost unser restliches Leben gemeinsam verbringen konnten, ich unter keinen Umständen falsch gelegen hatte mit meiner jahrelangen Fixierung auf ihn. Ich weiß noch, wie unglaublich tief ich in dieser Nacht schlief, es fühlte sich an wie der Tod im richtigen Moment, ein Entschlafen im vollkommenen Glück.

Diese Gewissheit machte mich jedoch nach kurzer Zeit wieder nervös, wurde mir verdächtig, wie jedem Menschen jede Form von Perfektion, ich wollte mir lieber noch etwas Zeit lassen, das Tempo drosseln und das Unvermeidbare hinauszögern, nachdem die Grundmodalitäten geklärt waren, und so fing ich an, ihm Liebesbriefe per Post zu schreiben, um meine Gefühle geordnet aus meinem Kopf in den seinen zu bekommen. Zuerst legte ich die wöchentlichen Schriftstücke ironisch an, das Genre schmalzig in allen Facetten ausreizend, er antwortete zu meinem größten Entzücken in derselben Manier. Lange vermochten wir jedoch diese ironische Distanz nicht zu wahren, bald verschwammen die Grenzen zur Realität und unsere Treffen von Angesicht zu Angesicht gerieten immer verkrampfter.

Monate später wurde der Druck, mittlerweile auch von außen, denn selbst unsere Freunde hielten die Spannung nicht mehr aus, so groß, dass ich den lange hinausgeschobenen verbindlichen Satz »Es wird Zeit, dass wir zusammenkommen« endlich aussprach, bevor wir uns am dunklen Seeufer zum mitternächtlichen Glockengeläut küssten, voll angestauter Energie, um ein Haar wären Zähne dabei zu Bruch gegangen.

Unser Zusammensein fühlte sich so richtig an, dass ich den späten Zeitpunkt bedauerte, die Konvention, die mich vor einer früheren Finalisierung meines Planes zurückgehalten hatte, wir hätten uns wohl bedenkenlos auch schon vor Jahren zu einem Paar verbinden können.

In den ersten Tagen unserer Beziehung war ich nicht fähig, etwas zu essen, wollte mein Innerstes nicht noch mit profanen Verdauungsaufgaben belasten, wenn mich schon die Gefühle zur Gänze ausfüllten. Ich saugte Staub, hob einhändig das Sofa an, um mit dem Saugrohr bis in die Ecke zu kommen, stellte das Sofa wieder ab und bemerkte die muskuläre Entspannung nur im Arm, mein Mund war weiterhin zu einem grotesken Lächeln verzogen, einem Lächeln, das ich tagelang nur unter bewussten Bemühungen loswurde und das die Großmutter so irritierte, dass sie Unmengen unangenehmer Fragen zu meinem Privatleben stellte, obwohl sie derartigen Intimitäten sonst elegant aus dem Weg ging, außer sie hatte mehr als ein Glas Wein getrunken.

Sie reagierte erfreut auf meine Neuigkeiten, hatte etwas geahnt, denn sie kannte den Mann schon aus dem Konsum, wo er ihr kürzlich in der Tiefkühlabteilung begegnet und sofort bis zum Haaransatz errötet war, was die Großmutter in Kombination mit dem höflichen Gruß und der einwandfreien Vorstellung samt überraschend kräftigem Handschlag zu dem Schluss brachte, dass ich nicht gänzlich verkehrt lag mit meiner ersten, wie sie nicht wissen konnte, einzigen Wahl. Der Mann habe dort nicht mit ihr gerechnet, erzählte er mir später lachend, er habe sie an der Kassa vermutet und hätte diese unerwartete Begegnung ohne meinen Beistand gern auch feige umgangen, aber so musste er den Erstkontakt allein hinter sich bringen und danach sein erhitztes Gesicht kühlen, indem er Interesse für die allerletzte Packung gefrorener Mohnnudeln vortäuschte und seinen Kopf unauffällig in die Tiefkühltruhe steckte. Ihr imponierte diese Bescheidenheit, die sie an ihm zu bemerken glaubte, und sie drängte mich schnell, ihn zu uns nachhause einzuladen.

Als er dort dann bei der stockenden Konversation, dem üblichen Abarbeiten der Lebensmodalitäten ein rudimentäres Wissen über Operninszenierungen durchblicken ließ, sich gar eine geteilte Vorliebe für die Otello-Interpretation Placido Domingos herauskristallisierte, sank sie seufzend hinein ins Sofa, von jeglichen Bedenken befreit.

Dieser junge Mann hatte schon früh Meisterschaft darin erlangt, rundum angenehm zu sein, auch wenn das nicht nach einem Kompliment klingt, ist es doch das größte, zu dem ich fähig bin, denn die meisten Menschen sind mir bis heute innerhalb kurzer Zeitspannen entweder egal oder widerwärtig. Ihn konnte ich regelmäßig treffen, sein Ruhepuls betrug genau die Hälfte von meinem, das musste ein Wink des Schicksals sein, der halbierte Gleichklang ließ mich auf eine solide romantische Zukunft hoffen, ich fand die Analyse der Schnittmengen bei Ernährungsvorlieben und Ruhepulswerten in Liebesdingen schon immer aufschlussreicher als Sternzeichen.

Sein Denken war in vielem konträr zu meinem, aber seine Persönlichkeit nicht aufdringlich, er konnte immer warten, bis ich bereit war für Widerworte und Berichtigungen, diese verdaut und frech als eigene Erkenntnisse wieder ausgeschieden hatte.

Sein Geruch war pures Umami, die Hautporen groß und offen, verschwenderisch im Durchzug, ich musste nur an seinem Schlüsselbein schnuppern, um meine Muskeln und auch Gedanken zu entspannen, ein Geruch, wirksam wie ein Relaxans. Unser Zusammensein fühlte sich viel weniger nach diesem Druck und Stress der jugendlichen Liebesbemühungen zuvor an. Meinen nicht weiter erwähnenswerten Übungspartnern hatte ich nicht einmal die Telefonnummer gegeben, da ein Ende der jeweiligen Romanze schon mit der ersten Annäherung absehbar war. An dem einen störte mich die zu lasche Wechselfrequenz bei der Oberbekleidung und der sich in den groben Stofffasern bis zur Unerträglichkeit kumulierende Schweißgeruch, an dem anderen die psychische Bedürftigkeit, verursacht durch die gleichzeitige Ignoranz und Präsenz des neuen Stiefvaters, was einerseits natürlich traurig war, aber viel zu aufwändig im Alltag, ich war alles andere als gut darin, durchgehend emotionale Zuwendungen an andere Personen zu verteilen.

Das Verhalten, das von einer guten Partnerin offenbar erwartet wurde, lag mir überhaupt nicht, ich entlarvte den vermeintlich weiblichen Sinn für »Diplomatie« und »Zurückhaltung« sofort als aushöhlenden Dauerverzicht auf eigene Kapriolen zugunsten der Partner, eine bewusste Schonung der männlichen Vulnerabilitäten, die dazu führte, dass sie sich nur umso mehr verstärkten im Laufe der Jahre. Zu viele der mir bekannten Frauen schonten ihre Männer über

Gebühr, bauten einen emotional kommod gepolsterten Alltag rund um die Befindlichkeiten des Angetrauten.

Grundsätzlich war diese emotionale Unantastbarkeit ja keine schlechte Sache, wenn man auf der Seite des Profiteurs stand. Diese farblose Gesellschaftstauglichkeit als Außenhaut einer freiwilligen Selbstinhaftierung fand ich für mich selbst jedoch zu keinem Zeitpunkt vertretbar, ich wollte niemals solch kapitulierende Sätze von mir geben wie die Großmutter:

So sind sie, die Männer.

Ein Mann und ein Hahn.

Hauptsache, die Männer denken, dass sie der Chef sind.

Das kann man von einem Mann nicht erwarten, besser man nimmt es selbst in dic Hand.

Es erstaunte mich immer wieder, welchen Grad der Resignation die Großmutter erreicht hatte, ohne länger als ein Jahr mit einem Partner verbracht, geschweige denn mit einem Mann zusammengewohnt zu haben. War sie ansonsten von vollendeter Strenge, wurde das männliche Geschlecht mit einer kalten Nachsicht bewertet, die ich mir auch für mich selbst gewünscht hätte, wenn meine wöchentlichen Putzarbeiten nicht zu ihrer Zufriedenheit erledigt wurden.

Ohne Erbarmen kontrollierte sie jeden Winkel der Wohnung, verschob Möbel oder glitt mit dem Zeigefinger über die Oberkante der Türrahmen. Sie erwartete rundum Perfektion, als wollte sie mich auf eine Zukunft vorbereiten, in der ich ganz allein auf weiter

Flur für alles Schöne und Funktionale verantwortlich sein würde.

Ich hatte sie noch nie in einer näheren Beziehung mit einem Mann erlebt, den Großvater nie kennengelernt, angeblich lebte er mittlerweile mit Familie in Salzburg, seine Zwillingstöchter waren ungefähr gleichaltrig wie meine Mutter und natürlich sei er bei der Ehefrau geblieben, nichts anderes habe die Großmutter von ihm erwartet, meine Mutter sei ohne jegliche Absichten entstanden, ein echter Unfall, er habe sich ja ohnehin nie unter Druck setzen lassen. Drei Kinder in einem Jahr habe er gezeugt, erwähnte die Großmutter regelmäßig mit bitterem Stolz, ich jedoch tat mir schwer, die Leistung dahinter zu honorieren.

Meine Mutter habe es schwer gehabt als Kind, erzählte sie daraufhin und meinte dabei sich selbst. Der Ort verzieh einem, früher jedenfalls, keinen Bastard, nicht von einem angesehenen Bürger, der sehr beliebt gewesen sei im Gemeinderat und darüber hinaus, da auf sein unermüdliches Bestreben hin erstmals ein Kirtag stattgefunden habe. Man konnte ihn als den Gründervater des Liebstätter Sommervergnügens bezeichnen, sein Engagement ermöglichte, in der gesamten Seeregion einzigartig, allen Bewohnern den freien Zugang zu Windrädern und Bratwürsten, einem Kettenkarussell und Ständen mit köstlichen Schaumrollen und Marzipanstangen. Wer konnte so einem Mann böse sein, wenn er sich auch privat das Vergnügen nicht vorenthielt? Im Gegenteil, er gewann nur an Glaubwürdigkeit, wenn er als durch und durch normaler Mensch, einer wie du und ich, den Verlockungen hin und wieder erlag.

Meine Mutter habe den Kirtag geliebt wie ein Zuhause, als wäre es ihre eigentliche Bestimmung gewesen, den ganzen Tag auf einem Karussell im Kreis zu fahren, fuhr die Großmutter fort mit ihren Erinnerungen, die Kleine habe verlässlich einen Wutanfall bekommen, wenn sie wiederholt zum Aufbruch gemahnt habe, meist habe sie ihr noch etwas für den Heimweg gekauft, als Ablenkung, beispielsweise einen mit bunten Liebesperlen gefüllten Spazierstock, der sie in Symbiose mit ihrem trotzig abgehackten Gang habe aussehen lassen wie einen zuckerkranken kleinen Charlie Chaplin, oder manchmal habe sie ihr auch eine Halskette aus winzigen Zuckerringen gekauft, aber nicht immer habe diese Ablenkung die erwünschte Wirkung gezeigt, dann habe sich durch die salzigen Tränen die Lebensmittelfarbe aus den Zuckerringen gelöst und den Kragen ihres Sonntagskleides in einen pastellenen Regenbogen gefärbt. Vergnügungssüchtig sei sie gewesen, meine kleine Mutter, maßlos und voller Gier auf den Adrenalinrausch, wahrscheinlich genetisch bedingt.

Auch ich ging jedes Jahr mit der Großmutter auf den Kirtag, wusste mich aber besser zu benehmen, eine reine Kopfentscheidung zugegebenermaßen, auch ich wusste es zu schätzen, wenn einem die Fliehkraft im rasanten Fahrgeschäft das Kolibriherz warm ans Rückgrat presste. Es war mir ein Anliegen, mich in jeder Form von meiner Mutter zu distanzieren, den Triumph des freien Willens über die Vererbung zu demonstrieren. Diesen Adrenalinrausch konnte ich jedoch nur in den Fahrgeschäften für Erwachsene bekommen, der ganze Kinderkram interessierte mich nicht im Geringsten, was die Großmutter vor ein Dilemma stellte, da sie mich aus geriatrischen Gründen nicht begleiten konnte, aber auch nicht allein fahren lassen durfte.

Schnell ging sie dazu über, den einzigen Obdachlosen der Stadt mit einer Freifahrt und einem Freibier dafür zu entlohnen, dass er mir beim Breakdancefahren Gesellschaft leistete. Meine Begeisterung für diese unorthodoxe Vorgehensweise hielt sich zwar in Grenzen, aber ich wollte die Großzügigkeit der Großmutter nicht durch kritische Anmerkungen zum Versiegen bringen und atmete während der Fahrt beim hysterischen Kreischen immer durch den Mund in Windrichtung, damit mir von der Bierfahne und dem modrigen Kleidungsgeruch meines Sitznachbarn nicht übel wurde. Meine Füße stemmte ich fest in den genoppten Hubraum des metallicglänzenden Fahrzeuges, damit es mich nicht gegen ihn drückte. Der Obdachlose, dessen Namen ich nie erfuhr, weil ich nie danach fragte, blieb seltsam stumm und ließ die Fahrten regungslos über sich ergehen, ich glaube, er musste sich konzentrieren, um nicht zu erbrechen, was ihn mit Sicherheit das versprochene Freibier danach gekostet hätte. Die Großmutter war eine Geschäftsfrau ohne Sentimentalitäten und immer darauf bedacht, dass jeder seinen Teil der Abmachung erfüllte.

Den Obdachlosen traf ich eigentlich immer nur am Kirtag oder ich sah ihn an heißen Tagen zwischen den Booten nahe des Yachtclubs im See schwimmen. Dort warfen ihm die Feriengäste regelmäßig ein Dosenbier ins Wasser, er rief lachend Unverständliches, man sonnte sich allerseits im Wohlgefühl, dass Obdachlosigkeit und die daraus folgende soziale Verantwortung auch eine glamouröse Kehrseite haben konnten. Sogar die Penner dort haben mehr Stil als hierzulande, würde man zuhause in Berlin den Freunden erzählen, die haben ein herrliches Leben im Sommer, schwimmen den ganzen Tag im kristallklaren See und trinken Bier, das kann man sich wirklich mal gefallen lassen, ne?

Die Liebstätter Gerüchteküche besagte übrigens, dass jener Obdachlose zu selbigem erst wurde, als in seiner frühen Adoleszenz ein Experiment mit LSD schiefging und er fortan gefangen in einer Art Parallelwelt leben musste, in der es ihm beispielsweise egal war, welchen Eindruck er bei seinen Mitmenschen hinterließ. Er war befreit von jeglicher gesellschaftlichen Konvention und von einer beispiellosen Gleichgültigkeit, die zwischenmenschlich zu den abstrusesten Situationen führte, deswegen hatte man ihn bald bei der Gemeinde, genauer gesagt bei der Gebietskrankenkasse, untergebracht, bevor es zu spät wurde für ihn. Sein Vater, obwohl angeblich nachhaltig verärgert über die Experimentierfreude des Nachwuchses, konnte zu Lebzeiten noch einen gewissen Einfluss auf die Besetzung der öffentlichen Ausschreibungen geltend machen.

Bedauerlicherweise verlor der damals noch nicht Obdachlose die Arbeitsstelle nach nur kurzer Zeit, weil er sich partout weigerte, den Ton stumm zu schalten, wenn er auf seinem PC eine weitaus pikantere Art von Verkehr ansah, während eigentlich regulärer Kundenverkehr stattfinden sollte. Den zahlreichen Beschwerden, hauptsächlich ausgehend vom regionalen Goldhaubenverband, musste irgendwann Folge geleistet werden, da konnte auch sein Vater nicht mehr lenkend eingreifen.

Ich selbst hätte viel gegeben, nur für die bloße Aussicht auf einen Arbeitsplatz wie diesen, regelrecht hineinträumte ich mich in die Kundenservicestelle der Gebietskrankenkasse, beschaulich gelegen im Villenviertel der Ortschaft, direkt neben dem Tennisverein, in dem die Schickeria und deren Anwärter nüchtern hinein- und schwer beschwipst mit Sonnenbrand wieder hinausgingen. Ich fantasierte mit glühenden Wangen von den Sonderzahlungen zu Weihnachten und zur Urlaubssaison, der Arbeitsplatzsicherheit trotz der mit steter Großzügigkeit bewilligten eigenen Krankenstände, den ungestörten Rauchpausen hinten im angrenzenden Garten mit herrlichem Nussbaumbestand, der zu jedem Sonnenstand ein schattiges Plätzchen bot. Ich würde mein Quäntchen Macht nicht missbrauchen, nahm ich mir vor und war gleichzeitig froh, nie den konkreten Beweis antreten zu müssen, da der Einflussbereich der Großmutter in dem Supermarkt endete, in dem sie seit Jahrzehnten arbeitete. Im dichten Netzwerk der Gemeinde verfing sich nur, wer schon ein paar Generationen Ortsgebundenheit und eine Hingabe, gern auch monetärer Natur, an die Gemeinschaft vorzuweisen hatte.

Die ersten Schritte auf dem langen Weg zum allerhöchsten Glück des Menschen, der wohlverdienten, gesellschaftlich anerkannten Frühpensionierung, begannen in Liebstatt schon früh im Vereinswesen, aber ich hatte viel zu spät verstanden, dass ich mir mit dem Schwimmverein eindeutig den falschen ausgesucht hatte. Das in Menschengruppierungen aller Art übliche Motto »Eine Hand wäscht die andere« wird obsolet bei durchgehendem Aufenthalt im Chlorwasser, in dem man die peinlich anrührende Omnipräsenz der Halbnacktheit eher zu verdrängen denn zu vertiefen trachtete. Ich kam dann auch zu dem Ergebnis, dass ein zeitnaher Austritt aus dem Verein wohl keinen Verlust mehr für mein Sozialleben darstellte. Aber wer genau die offene Stelle in der Gebietskrankenkasse nach dem Obdachlosen übernommen hatte, konnte ich trotz einiger Bemühungen nicht eindeutig herausfinden.

Ich hatte noch mein letztes Schuljahr vor mir, während der Mann nach mit allen Auszeichnungen bestandener Matura Richtung Wien zog, um dort mit dem Studium zu beginnen, selbstverständlich im Bereich der Naturwissenschaften. Obwohl es mich beruhigte, dass alles geklappt hatte wie geplant, machte mich seine plötzliche Unabhängigkeit zutiefst neidisch. Jeden Abend, wenn die Großmutter endlich schlief, schlich ich wieder aus meinem Zimmer, zog das Telefonkabel vom Gang bis zum äußersten Zipfel des Sofas im Wohnzimmer, deckte mich mit der Wolldecke ab und telefonierte als schallgedämpftes Gespenst stundenlang mit ihm, wohlweislich das drohende Inferno am Monatsende ignorierend, nämlich dann, wenn diese nächtliche Aktivität bei Eintreffen der horrenden Telefonrechnung verlässlich zur Eskalation führte.

Ich wollte alles über sein neues Leben wissen, über das Studium, die Universität und über seinen Mitbewohner im Studentenheim, der mit seinem lauten Schnarchen oft die akustische Untermalung unserer Gespräche darstellte. Mit Erstaunen vernahm ich, dass seine Ernährung ohne elterliche Supervision größtenteils aus Zwieback bestand, diese Art der Monotonie fand ich gänzlich unverständlich, wo ich selbst doch schon seit Jahren eine Liste im Kopf führte, was ich alles ausprobieren würde in Freiheit – ganz oben Garnelensalat mit Cocktailsoße, endlich. Offensichtlich hatte der Mann nichts nachzuholen, irgendwie beneidenswert, wenn einem die übermäßige Zufuhr von staubigem Zwieback nicht jeglichen Lebensmut raubte.

Mein eigener Alltag als Schülerin kam mir dagegen nichtig vor mit seinen nicht voneinander zu unterscheidenden Tagen, ich fühlte mich gefangen in einem thrombosefördernden Zeitloch, strukturiert nur durch die unzähligen Busfahrten von einem Ort zum nächsten. Das mit Abstand Schlimmste am Landleben waren der Postbus und sein Fahrplan. Diese seltsamen Schlaufen, die durch Satellitensiedlungen gedreht wurden, um ein paar verstreute Schulkinder einzusammeln, diese quälend langen Pausen am Bahnhof, um einen Zug abzuwarten, der die Ruhe im schwach beleuchteten Businneren mit einer Horde gefürchteter Umlandjugendlicher flutete, die Busfahrer, die trotz jahrelanger Bekanntschaft auf das Vorzeigen des Ausweises bestanden und einen sofort hinauswarfen, wenn man es wagte, den Halteknopf zu benutzen, obwohl man im Besitz einer einwandfreien Stimme war, mit der man ebenso gut »Ich muss bei der Nächsten raus, bitte!« hätte sagen können. Das schrille Piepsen erinnerte die Fahrer wohl zu brachial daran, dass sie eigentlich nur eine Dienstleistung erbringen mussten und nicht die Herrscher der Landstraßen waren, als die sie sich ansonsten ungestört fühlen konnten.

Es nutzte nichts, sich mit ihnen anzulegen, mehr als einmal habe ich es versucht, mehr als einmal wurde mir ein Körperteil in der Tür eingeklemmt, wenn ich nach einem frechen Spruch schnell ins Freie flüchten wollte.

Ich habe ein Viertel meiner Jugend im Postbus oder auf den Postbus wartend verbracht und kann mit Fug und Recht behaupten, davon messbare Schäden davongetragen zu haben.

Das biblische Fegefeuer, von den Religionsschwestern meiner alten Schule immer viel zu dürftig erklärt als eine Art unwirtliche Wartehalle für Sünder mit Begnadigungsoption, stellte ich mir persönlich so schnörkellos vor wie eine ewige Linienfahrt im Postbus, in Endlosschleife rund um den See, aber nicht in Ufernähe, sondern irgendwo durch die optisch identischen Wohnsiedlungen am Ortsrand.

Oft bekam ich Herzrasen, wenn der Fahrer sich für eine neue Route entschied oder ich auch einfach nur unfähig gewesen war, die Komplexität der ausgehängten Fahrpläne zu entwirren. Manch einer hat es wohl besser verstanden als ich, quasi mit dem Hausverstand, dass es ja ganz logisch war, den Bus um 12 Uhr 37 an Marienfeiertagen ohne Fertilitätsbezug bei mehr als vier Insassen, Kinder unter dreizehn ausgenommen und Beamte, Beamte immer von allem ausgenommen, auf Kurzstrecke zu führen. Da ich aber schon früh die einfachsten Gegebenheiten zerdachte, saß ich in einem solchen Fall wie üblich in der letzten Reihe und ließ mir nicht anmerken, wie wenig Wert auf unerwartete Abenteuer ich legte, wenn der Bus an der falschen Kreuzung abbog und mein Herz vergeblich in die Gegenrichtung zurückdrängte.

War ich auf dem Heimweg von der Schule derart im Nachbarort gestrandet, bin ich auch lange Strecken einfach zu Fuß gegangen, die Großmutter um eine Abholung zu bitten traute ich mich nicht mehr, weil die Telefonzelle von einer Verrückten besetzt war, die, wie ich leider aus Erfahrung berichten konnte, treffsichere Watschen verteilte, wenn man sie bei ihren fingierten Ferngesprächen störte. Sie befand sich in einer Dauererregung, die mir Angst machte, immer auf der Flucht vor vermeintlichen Verfolgern. So ging ich lieber zu Fuß die Hauptstraße entlang und ließ mich nicht aus der Ruhe bringen vom aufreizenden Gehupe der

Landjugend, die natürlich fand, dass zu Fuß auch nur irgendwohin zu gehen ein Rückfall ins Mittelalter war. Auch später begegneten wir uns fortbewegungstechnisch nie auf Augenhöhe, denn eben diese Landjugend war ab dem mittleren Lebensalter in ihrer Freizeit nur mehr in leuchtender Funktionskleidung auf Bergen anzutreffen, während ich nach wie vor den Schutz trockener und warmer Innenräume bevorzugte.

Von meinem ersten Ferialjobgehalt als jugendlicher Kettenraucherin unter älteren Kettenrauchern in einem staatsnahen Betrieb kaufte ich mir ein Moped. Ich durfte dort zwei Monate lang arbeiten, weil eine Schulkollegin beschlossen hatte, lieber Sprachferien auf Malta zu machen, resultierend in einer ersten Abtreibung und nur marginal besseren Englischkenntnissen, und die Wut ihres Vaters, der für den Ferialjob alle seine Kontakte aktiviert hatte, mit einem passenden Ersatz zu mildern versuchte. Der Verdienst war wirklich gut, ich konnte es kaum fassen, wie viel Geld auf dem Konto der Großmutter nur dafür landete, dass ich hin und wieder etwas kopierte, Ordner sortierte, Solitaire auf dem PC spielte und hauptsächlich rauchte. Ein Teil des Verdienstes floss demnach direkt in die Nikotinbeschaffung, der größte Teil aber konnte endlich in einen fahrbaren Untersatz investiert werden. Nie mehr Postbus, das war der Plan.

Das Puch Maxi galt zwar als Fahrzeug von, nun ja, äußerst pragmatischer Ästhetik, aber ebenfalls als unverwüstlich im Gegensatz zur hochprätentiösen Vespa, genau so ein Gefährt brauchte ich, selbst wenn mir das In-die-Pedale-Treten zum Kaltstart ein paar peinliche Momente einbrachte, sodass ich Parkplätze abseits jeglichen Mannsvolks bevorzugte, um von dem Gegröle nicht aus der Fassung gebracht zu werden, sollte das Moped erst nach dem vierten Versuch anspringen. Oft verbrannte ich mir die Waden an dem glühend heißen Auspuff, mein Maxi war nämlich beachtlich auffrisiert, wie ich mit Befriedigung bemerkte, als der Tacho bergab nicht mehr zur Anzeige der wahren Fahrgeschwindigkeit fähig war, sondern der Zeiger nur mehr hysterisch hin und her flatterte.

Es fiel mir von Anfang an schwer, mich auf den Verkehr und die Straßenführungen als Gesamtheit zu konzentrieren, zu schnell war ich von Details abgelenkt, innerhalb kürzester Zeit hatte ich eine beachtliche Unfallstatistik vorzuweisen. Einmal kurvte ich, eine Ode an die Küchenschabe singend, ich weiß nicht mehr, weshalb ich derart gute Laune hatte, in eine aufgerissene Straße voller Schlaglöcher, direkt an der neonfarbenen Absperrung vorbei.

Das Maxi wurde auf die andere Straßenseite geschleudert, ich selbst überschlug mich mehrfach auf dem Schotter. Der Schock führte dazu, dass ich sofort wieder aufstand, mein Moped einsammelte, es an den Straßenrand schleifte und dort auf Schäden untersuchte. Es schien den Sturz unbeschadet überstanden zu haben, ich nicht, wie ich mechanisch feststellte, als ich einen Blick auf die offene Fleischwunde an der Außenseite meines Oberschenkels warf, die gespickt war mit einem Mosaik aus kleinen Steinen. Ein Wagen der Müllabfuhr hielt an, zwei Männer stiegen aus und fragten, ob alles in Ordnung sei. Ich antwortete, dass ich gestürzt und wahrscheinlich nicht schwer verletzt war, und so wechselten sie beherzt den Kommunikationsmodus und hoben lobend die Kürze meines Sommerkleides hervor. Ich nickte ihnen mitleidig zu und startete das Maxi unter Schmerzen, es sprang sofort an, fuhr aber nicht schneller als dreißig auf dem Heimweg, was ich als mittlerweile echtes Landkind demütigender empfand als den Sturz.

Erst zuhause bemerkte ich, dass der Hinterreifen platt war und das unangenehme Fahrgefühl nicht nur von den starken Kopfschmerzen kam. Meine Fleischwunde wurde im Krankenhaus gesäubert und mir zusätzlich für die nächsten Tage Bettruhe aufgrund einer leichten Gehirnerschütterung verordnet. Der Verband musste täglich gewechselt werden, was nur unter großem Geschrei meinerseits vonstattenging, da die Wundunterlage innerhalb weniger Stunden an meinem Fleisch festgeklebt war. Die Großmutter unterließ es, mich für meinen Leichtsinn im Straßenverkehr auszuschimpfen, und befand, dass ich gestraft genug war, einerseits durch die Verletzung und andererseits durch die Tatsache, dass die nötige Reparatur des Mopeds (leider hatte doch nicht nur der Reifen einen Schaden davongetragen) bei Weitem meine finanziellen Möglichkeiten überstieg und ich bis zu meinem Auszug wieder auf den Postbus zurückgreifen musste.

Überhaupt wurde die angebliche Sorglosigkeit der Jugend in meinem Fall eklatant durch Finanzprobleme beschwert. Ich hatte nie Geld und auch wenige Gelegenheiten, an welches zu gelangen, der Ferialjob blieb eine Ausnahme, meine weiteren Bewerbungen wurden nicht mehr beantwortet.

Einmal versuchte ich das Geburtstagsgeld, das für meinen Geschmack etwas zu dürftig ausgefallen war, bei Hütchenspielern im Ortszentrum zu verdoppeln. Sie erschienen immer wie aus dem Nichts zur Hochsaison in Liebstatt, arbeiteten auf einer Plastikplane, die sie bei einer drohenden Polizeikontrolle mit einem Griff für die Flucht zusammenzurren konnten. Ich hatte die beiden Männer tagelang aus sicherer Entfernung beobachtet und war erstaunt darüber, wie oft sie verloren und den Gewinn auch wirklich auszahlten. Da gab es tatsächlich immer wieder Passanten, die fünfhundert Schilling gewannen und seelenruhig damit davonspazierten. Hätte ich sie aus etwas näherer Ferne beobachtet, wäre mir sicherlich aufgefallen, dass diese Passanten allesamt vom gleichen Typus waren, um nicht zu sagen identische Personen. Doch der mögliche Gewinn und seine Verwendung (modische Stiefeletten in Schlangenlederoptik) betäubten meine Vernunft, ich setzte alles auf die goldene Mitte, hatte den Becher mit der Kugel darin keine Millisekunde aus den Augen gelassen, jedoch wurde mir der Geldschein, eben noch sicher eingebettet im Geburtstagsbillett, derart schnell aus der Hand gezupft, dass ich seine Anwesenheit zwischen meinen Fingerkuppen noch Minuten später als Phantom spürte, mein Gehirn war unfähig, diesen Verlust so schnell zu verarbeiten, wie die Hütchenspieler ihren Gewinn an sich rissen.

Ich verstand es nicht, die Kugel erschien unter dem Becher links, das konnte eigentlich nicht sein, vielleicht hätte ich nachgefragt, aber die Hütchenspieler scheuchten mich schnell weg, wahrscheinlich schämten sie sich instinktiv, einem fast noch Kind das Geld abzujagen, und Scham ist bei dieser Art von Lebensunterhaltsbeschaffung nun wirklich störend.

Dummerweise lernte ich wenig aus dem Vorfall, blieb anfällig für Glücksspiele aller Art, die ja nichts weiter als ein adulter Trotzanfall, eine erbärmliche Revolte gegen die Vorhersehbarkeiten des Lebens sind. Zur Sicherheit konzentrierte ich mich später mehr auf Automaten, da musste ich das Geld selbst einwerfen, eine Münze nach der anderen, und behielt somit die Kontrolle über die Spielgeschwindigkeit. Die routinierte Schnelligkeit der Hütchenspieler hatte bei mir das schale Gefühl zurückgelassen, ausgeraubt worden zu sein, obwohl ich ja nach meinem damaligen Eindruck ehrlich verloren hatte.

Diese dauerpräsente Mittellosigkeit, nur teilweise kaschierbar durch gewitzte Leih- und Tauschgeschäfte, ließ mir daher kaum andere Optionen, als sie jahrelang durch beachtliche autodidaktische Ambitionen im Bereich des Ladendiebstahls zu kompensieren, anders war mein finanziell immer komplexer werdender Lebensstil als Durchschnittsjugendliche bedauerlicherweise nicht zu finanzieren, denn die Großmutter hatte ein unberechenbares Verhalten in der Ausgabe von Taschengeld. Regelmäßig großherzig angekündigt vergaß sie auf dessen Auszahlung immer sofort und war auf Nachfrage erbost über meine Geldgier, der sie mit sofortiger Taschengeldsperre beikommen wollte. Dieses Dilemma war ein unlösbares, daher gab ich das Nachfragen irgendwann auf und fokussierte stattdessen auf meine erstaunlich einfach zu aktivierenden kriminellen Energien, wahrscheinlich schon früh geschult durch die Geschichten des Kaufhausdetektivs im Konsum.

Ich erstellte einen Stadtplan, auf dem ich alle für meine Zwecke interessanten Geschäfte der Region mit Stecknadeln markierte, farblich sortiert nach den dort vorhandenen Sicherheitsvorkehrungen. Auf diesem Plan verzeichnete ich zusätzlich noch das Datum und Ziel meiner Streifzüge, um zu vermeiden, dass ich unbewusst an einem Ort zu häufig zuschlug oder der stete Schwund bestimmter Warengruppen zu auffällig für das Personal wurde. Es gab einige grün gekennzeichnete Geschäfte, in denen man sich in aller Ruhe bedienen konnte, ohne dass der Ruhepuls auch nur minimal anstieg, im Gegenteil, dort musste man eher achtgeben, sich nicht allzu gierig die Taschen vollzustopfen, auch bei Ladendiebstahl, fand ich, hatte man eine Verhältnismäßigkeit beizubehalten. Ich legte zwar einen kleinen Vorrat an Mitbringsel an, den ich unter dem Bett versteckte, dieser durfte aber nicht mehr Platz beanspruchen, als in einem Schuhkarton vorhanden war. Somit war ich immer gerüstet für spontane Einladungen, die mir keine Zeit ließen, vorher auf Streifzug durch die Liebstätter Innenstadt zu gehen.

Bei den gelb markierten Geschäften war es wichtig, auf tote Winkel und die Tagesbesetzung des Personals zu achten, dann konnte nichts schiefgehen, und bei den roten kehrte ich nur im Notfall ein, beispielsweise wenn ich mir für eine Schulfreundin ein spezielles Geschenk in den Kopf gesetzt hatte, immer mit einnehmenden Varianten meiner diversen tragischen Lebensgeschichten in petto, falls ich erwischt werden würde. Es kam aber nie dazu, ich spürte von selbst, wenn eine Situation zu riskant war. Nur einen Bruchteil der gestohlenen Ware verwendete ich selbst, das meiste davon verschenkte ich, wenn ich eingeladen war, was erstaunlicherweise oft vorkam seit dem Schulwechsel und mich selbst bei regelmäßigem Bezug von Taschengeld in finanzielle Nöte gebracht hätte. Ohne passendes Geschenk aufzutauchen, war unmöglich, ich musste mich an die sozialen Gepflogenheiten halten, auch wenn sie mich finanziell ruinierten. Hauptsächlich stahl ich Rauchwaren und Süßigkeiten, regelmäßig auch Kosmetik, Strumpfhosen, Sammelbilder oder Modeschmuck, dass ich nie erwischt wurde, lag vermutlich auch an einer gewissen Nachsicht mir gegenüber, ich hatte manchmal das Gefühl, dass mich ein mitleidiger Blick hauchzart von der Seite streifte, wenn ich das Geschäft freundlich grüßend mit etwas Diebesgut in der Jackentasche verließ. Stillschweigende Duldung, eine emotionale Überforderung sondergleichen, ich war sensibel genug zu bemerken, dass man mich für seltsam hielt, und zwar genau in dem Ausmaß, dass es mir immer wieder schmerzhaft bewusst wurde.

Vom modischen Standpunkt aus betrachtet war mein Leben Gott sei Dank etwas einfacher, ich machte aus meiner Finanzschwäche sogar eine Stärke, lange bevor es massentauglich wurde, kaufte ich trotz großen Widerwillens gegen unbekannte Vorbesitzer (und deren nicht mehr auswaschbaren Schweißrückstände in den Polyesterfäden) auf Flohmärkten, durchstöberte die Dachboden aller Menschen, die mir Zugang gewährten, und lieh mir ausgewählte Stücke von Klassenkolleginnen, die sie nach langen, für beide Seiten zermürbenden Phasen fortwährender Vertröstung irgendwann nicht mehr zurückforderten. Ich entwickelte früh ein Faible für Strumpfhosen, dem fluidesten aller Kleidungsstücke, erfrischend kurzlebig und kostengünstig in der Beschaffung, am besten in grellen Farben, und kombinierte sie mit kurzen Hosen und der Unbedarftheit einer Farbenblinden. Auf jedem Klassenfoto stach ich sofort ins Auge, ein zugegeben billiger, wenn auch effektiver Trick, um die Aufmerksamkeit auf sich zu ziehen, der Betrachter wurde geblendet von einem Paar beispielsweise giftgrüner Froschbeine, erst danach blickte man in mein schiefes Gesicht, in die vom Lachen zusammengedrückten

Augen, eines immer etwas weiter geöffnet als das andere, als wollte ich trotz guter Laune den Überblick nicht ganz verlieren.

Auf Fotos lachte ich immer, aus Prinzip, um meine Erinnerungen bewusst zu manipulieren und auch, um dem psychologischen Potenzial der Farbfotografie zu huldigen. Eine schwarz-weiße Vergangenheit ließ zu viel Spielraum für spontane Interpretationen, man musste diese Bilder im Nachhinein mit seiner Fantasie nachkolorieren und mit den je nach Stimmung gemutmaßten Farben zog eine abgeänderte Lebendigkeit in die Szenarien dieser Fotografien ein.

Ich jedoch stellte es mir schön vor, als ältere Frau durch Alben zu blättern und bunte Farben, gepaart mit einem herzlichen Lachen, zu sehen, meine mit Weichzeichner überschriebene Historie, interpretationsresistent.

Ein Trick, der nicht durch seine Komplexität, sondern vielmehr durch Konsequenz in der Anwendung die gewünschte Wirkung erzielte. Wenn meine Erinnerungen später allesamt verblasst sein würden, die Hälfte meines Lebens wahllos wieder herausgequollen war aus meinem Gehirn, könnte die Bilddokumentation meiner Jugend auch nichts mehr richtigstellen. Ein durch und durch beruhigender Gedanke, wenn ich meine zweifärbig bunten Beine, eines grün, eines rot, die übliche Resteverwertung bei Laufmaschen an einem Bein, übereinandergeschlagen für einen Schnappschuss justierte.

Zu dieser Zeit fand ich meine Armut nicht weiter beschämend, es war mir nicht unangenehm, Dinge auszuleihen oder zu tauschen. Ich glich den Nachteil mit gesteigerter Unterhaltsamkeit aus, war schulbekannt für Parodien verschiedener Lehrkörper und machte diese Eigenschaften zu einem integralen Bestandteil meiner jugendlichen Persönlichkeit. Zudem war ich ein gern gesehener Gast auf Feiern, da ich in der Liebstätter Trafik regelmäßig Zigarren oder Zigarillos stahl und diese in der Beliebtheitsskala gleich hinter Joints rangierten.

Man rauchte bei jedem geselligen Zusammentreffen eine »Original-Krumme Virginia«, hatte zuvor das klassische Dreiergespann in pathetischer Manier auseinandergeflochten und die übrigen an zwei der momentan präferierten Freunde verteilt, dazu hörte man Shania Twain im gnadenlosen Wechsel mit Cypress Hill, abgewürgt auf Knopfdruck, »Fadein« oder »Fadeout« waren noch nicht im Heimgebrauch angkommen, und drei Stunden später mussten alle Zigarilloraucher der Gefahr einer spontanen Darmentleerung so geschickt wie möglich ausweichen, was nicht jedem gelang und im Katastrophenfall Gesprächsstoff für mindestens ein Jahr hergab.

Meine Schulkollegen wohnten zum Großteil in unheimlichen Mehrgenerationenhäusern, die meistens einen verwaisten Trakt zum Feiern besaßen, zumindest wenn die Großeltern schon verstorben waren.

Diese vernachlässigten Wohnräume faszinierten mich, oft hing ein hartnäckiger Geruch nach überwürzter Rindssuppe in der Luft, obwohl dort schon jahrelang nichts mehr gekocht wurde und die Küchengeräte von einer dicken Staubschicht überzogen waren, mit Ausnahme des Kühlschrankes, in dem ausschließlich Limonade, Bacardi und Eristoff Vodka gelagert wurden. Die Vorhänge waren gestärkt, meist vergilbt vom jahrzehntelangen Zigarettenrauch, ich bohrte manisch meine Finger in die Löcher der gehäkelten Stores, um deren Stärkegrad zu überprüfen, fasziniert vom Kunsthandwerk der Region, während meine Freunde sich mit System betranken und von dieser uns allen einenden jugendlichen Konzentrationsschwierigkeit getrieben die CDs im Ghettoblaster wechselten, immer auf der Suche nach individuellem Ausdruck (»Das müsst ihr euch anhören, wirklich!«), einem kurzen Einblick in die verunsicherten jungen Seelen.

Du magst Radiohead auch, hieß es dann, und ich log versiert, täuschte tiefes Verständnis für all die pubertären Wachstumsschmerzen vor, während ich erfolglos versuchte, meinen Finger aus dem Store zu ziehen. Er musste aufgeschnitten werden, ich steckte fest und meine Freundin Katharina, die Gastgeberin besagten Abends, fand es nicht so lustig wie der Rest der Partygäste. Zum einen hatte ich schon wieder alle Aufmerksamkeit auf mich gezogen, und zum anderen kontrollierte Katharinas Mutter die Räumlichkeiten nach jeder Feier akribisch auf eventuelle Schäden, allzu bereit, solche Zusammentreffen für die Zukunft zu untersagen.

Katharina bat mich nach meiner Befreiung unter vier Augen, mich zurückzuhalten, ein hehrer Wunsch, den ich einigermaßen absurd fand in Anbetracht der zahlreichen Trunkenbolde im Raum, aber um einem Streit aus dem Weg zu gehen, zog ich mich ins nächstgelegene Badezimmer zurück und ließ mir ein Schaumbad ein.

Das Bad war mittelbraun verfliest und noch staubiger als der Rest der Einliegerwohnung, es stand sogar eine, nach kurzer Analyse seit Jahren unberührte Flasche mit Badezusatz am Wannenrand. Ich döste bis zum Morgen, beobachtete den Schaum beim Zerfall, ließ immer wieder Wasser ab und neues nachlaufen, glich die Badetemperatur langsam meinem Körper an und als die Sonne aufging, stieg ich heraus, trocknete mich mit einem winzigen Handtuch oder sehr großen Waschlappen ab und zog mich wieder an.

Beim Frühstück mit Katharinas Eltern versteckte ich meine völlig aufgeweichten Finger so gut es ging und beeindruckte durch einwandfreie Manieren und eine vernünftige Weltsicht für ein ehemaliges Heimkind. Wenn jemand wie ich es schaffen konnte, durch Fleiß und Beharrlichkeit jedes Jahr dem drohenden »Nicht Genügend« im Semesterzeugnis auszuweichen, dürfte es für Katharina ja wohl auch kein Problem sein, so falsch lag man also nicht mit den elterlichen Erwartungen.

Bei fremden Eltern lief es eigentlich immer gut für mich, ich genoss es, mich als optimales Ergebnis eines solide verlaufenen Heilungsprozesses selbst anzupreisen, nur um die Unterstützung mir genetisch nicht verbundener Erziehungsberechtigter zu erlangen. Das kurze Gefühl, dass meine eigene familiäre Misere nicht an meiner Person liegen konnte, wenn ich überall außerhalb meiner eigenen Familie hervorragende Resonanzen bekam, war ein schönes und ich verlor durchgehend gegen den Drang, es bei sich spontan bietenden Situation zugunsten meiner gleichaltrigen Freunde zu unterdrücken. Und obwohl Katharina mich finster über ihr schief geköpftes Frühstücksei hinweg anstarrte, lud sie mich doch auf jede weitere ihrer Feiern ein, vielleicht auch auf Intervention ihrer lieben Eltern, bis sich unsere Wege endgültig trennten, nur weil sie bösartige Absichten meinerseits hinter dem Tod ihres Meerschweines vermutete.

Zu intensiv hatte ich mich als Ferienbetreuung für das Tier angeboten, Katharina konnte nichts ahnen von der klaffenden Wunde, die meine Haustierlosigkeit immer noch für mich darstellte. Das Meerschwein war entzückend gewesen, mit einem kessen Haarwirbel auf der Stirn, dreifärbig und unüblich zutraulich für ein Lebewesen dieser Größe. Ich genoss meine täglichen Aufgaben, sogar die Stallreinigung machte mir nichts aus, und nach zwei Wochen beschloss ich, den trostlosen Käfig durch ein schöneres Interieur aufzuwerten, indem ich aus zwei hochkant gestellten Ziegeln und einem Frühstücksbrettchen eine wohnliche kleine Höhle bauen wollte. Der zweite Ziegel glitt mir leider aus der Hand, als ich ihn in den oben offenen Käfig stellen wollte.

Das auf dem Liebstätter Wochenmarkt nachgekaufte Tier, in Größe und Fellzeichnung identisch, sogar der Haarwirbel war vorhanden, wenn auch leicht nach hinten versetzt, überzeugte die heimgekehrte Katharina keine halbe Minute, aschfahl wurde sie unter ihrer zuvor stolz vorgeführten Sonnenbräune, und obwohl ich mich unter Tränen entschuldigte, nutzte sie den Vorfall, um endlich allen angestauten Ressentiments gegen meine Person Luft zu machen. Das neue Meerschwein behielt sie trotzdem.

Selbstverständlich folgte ich direkt nach Beendigung meiner eigenen Schullaufbahn dem Mann nach Wien, um dort mein Schauspielstudium aufzunehmen. Ich hielt es für angebracht, ebenfalls in ein Studentenheim zu ziehen, um die bisher reibungslos funktionierende lockere Distanz zwischen uns beiden aufrechtzuerhalten. Es wirkte zu bedürftig, wenn man schon in jungen Jahren zu räumlichen Zugeständnissen bereit war, außerdem war unser Budget so knapp bemessen, dass jegliche Bemühungen auf dem Wohnungsmarkt ohnehin zum Scheitern verurteilt gewesen wären.

Daher tarnte ich das Defizit als Tugend, lebte mein vermeintlich freies Studentenleben unter Gleichaltrigen, deren Zugang zu Körperhygiene und Suchtmitteln mich gleichermaßen abstieß wie belustigte. Ich kochte Eier in allen Varianten und widerlegte die Theorie, dass der Verzehr dieses Nahrungsmittels kausal an die Höhe des Cholesterinspiegels gekoppelt war. Bevorzugte man Ware aus Bodenhaltung, war diese Art der Ernährung zudem eine kostengünstige, den Rest meines mühsam erkämpften Unterhalts wollte ich lieber in Unternehmungen mit dem Mann investieren, eine schöne Basis an gemeinsamen Erinnerungen schaffen. Wir besuchten Restaurants, in denen wir die ersten zarten Ansätze einer Beanstandungskultur entwickelten, die wir später bis zur Meisterschaft perfektionierten. Wir fuhren regelmäßig auf Urlaubsreisen, leichtsinnig in letzter Sekunde auf dem Flughafen gebucht, nur um am Ankunftsort zu merken, dass das Hotel an einer zu keiner Tages- oder Nachtzeit überquerbaren Schnellstraße im Durchzugsgebiet lag. Damals war uns diese Unannehmlichkeit nach kurzer Irritation egal, wir verzichteten eben auf den Strandbesuch und verließen das Bett eine Woche lang nur zu den im Reisepreis inkludierten Mahlzeiten, deren Verzehr wiederum dazu führte, dass der Lebensraum Bett immerhin noch um die exzessive Nutzung der Toilette erweitert wurde.

Die Balance zwischen romantischen Erinnerungen und gesellschaftstauglichen Anekdoten blieb somit ausgewogen, das tröstete mich, wenn mir die bloße Erinnerung an die im Übermaß verzehrten Garnelen den Darm zum Brodeln und die Stirn zum Glänzen brachte.

Man lernt aus seinen Fehlern, Meeresgetier mit einem leichten Geruch nach benutzter Katzenstreu würde ich tatsächlich heute nicht mehr essen, auch nicht, wenn sie im Halbpensionsbuffet inbegriffen sind und die Großmutter enttäuscht von mir gewesen wäre.

Der Mann fühlte sich wohl in meiner Gegenwart, er gab mir jedenfalls keine Gründe zu einer gegenteiligen Annahme. Seine fehlenden Vergleichsmöglichkeiten machten es mir nicht schwer, mich als ideale Wahl für eine gemeinsame Zukunft zu positionieren. Die Idee, mir einen Antrag zu machen, kam ihm genau zwei Jahre, nachdem ich beschlossen hatte, dass ich wahrscheinlich in ungefähr zwei Jahren bereit wäre, einer dauerhaften Beziehung mit ihm auch rechtlich bindend zuzusagen.

Der Unterschied in unserem jeweiligen studentischen Lebensstil lag einzig und allein in der Höhe des frei verfügbaren Budgets, ich hatte monatelang mit der Großmutter darüber diskutieren müssen, dass mir nach dem Auszug das Kindergeld zustand. Zudem verschlechterte sich unsere Beziehung rasant, als ich in der Kommode einen Packen sauber geöffneter Briefe entdeckte, versteckt hinter den Telefonrechnungen und durchlöcherten Sparbüchern. Eigentlich wollte ich nur eine genaue Aufstellung der letzten Telefongespräche ausfindig machen, ihr monatlicher Zorn über meine angeblich maßlose Kommunikation mit dem Mann erschien mir just dieses eine Mal unproportional hoch, hatte ich doch deutlich in Erinnerung, die Unterhaltungen an mehreren aufeinanderfolgenden Tagen aufgrund eines Magen-Darm-Virus recht knapp gehalten zu haben.

Die Briefe waren alle von meiner Mutter verfasst worden, ich erkannte ihre Handschrift sofort, die dramatisch geschwungenen Anfangsbuchstaben und die ungenauen Endungen, schlampig auslaufende Striche – ein grammatikalisches Ratespiel. Wie in einem Liebesfilm wurden sie durch ein fliederfarben schimmerndes Seidenband zusammengehalten, sorgfältig mit einer Schleife versehen. Allein dieser Umstand ließ meine Ohren rot anlaufen vor Wut, sogar die Adern an den Schläfen spürte ich pochen, als ich die Schleife genauer untersuchte, mir eine Bindetechnik konstruierte, um sie danach ohne Unterschied wieder genauso zuzubinden.

Es war wie vor Weihnachten, wenn ich meine Geschenke nach stundenlangem Stöbern in der gesamten Wohnung endlich gefunden hatte, das Klebeband mit einem Stanleymesser aufschlitzte, vorsichtig das Papier entfaltete, bis ich die Aufschrift auf dem Karton oder die Umrisse des Gegenstandes richtig erkennen konnte, um die Verpackung danach gleich wieder mit frischem Klebeband zu verschließen, exakt angebracht über dem alten. Die Großmutter merkte es nie und ich hatte bis Weihnachten noch Zeit, ausreichend dankbare Reaktionen einzustudieren, wenn sie wie üblich nicht das besorgt hatte, was ich mir eigentlich wünschte. Sie reagierte empfindlich auf gedämpfte Freude, ich auf Abweichungen von Angaben auf dem Wunschzettel an das Christkind, und immer hatte ich bei einem emotionalen Patt die Konsequenzen zu tragen, eine Ungerechtigkeit, die ich meiner Meinung nach elegant durch die vorweihnachtlichen Spionageaktivitäten zu umgehen wusste.

Diesmal jedoch stellte sich meine Entdeckung weitaus aufregender dar als etwa nur die falsche Farbe heiß ersehnter Inlineskates, pflegte ich doch seit dem Prozess keinen Kontakt mehr zu meinen Eltern und war fest davon ausgegangen, dass auch die Großmutter ihre Loyalität klar verteilt hatte. Offenbar war es ihr jedoch unmöglich, die einzige Tochter ganz aus dem Leben zu streichen, ich drapierte die zahlreichen Beweise ihrer moralischen Schwäche zitternd auf dem Küchentisch, blätterte beliebig durch die Kuverts und konnte mich nicht entscheiden, welchen der Briefe ich zuerst lesen sollte.

Es wurde ein dünner, ich wollte mit einer möglichst geringen Informationsdosis beginnen. Hastig überflog ich die abfallenden Zeilen auf dem schmucklosen unlinierten Blatt Papier, natürlich nicht, ohne währenddessen den Wohnungsschlüssel von innen ins Türschloss zu stecken und quer zu drehen, um der Großmutter, die eigentlich noch Stunden in der Arbeit sein sollte, einen Überraschungsauftritt zu verunmöglichen, denn ich fühlte mich regelrecht kriminell – ein absurder Knick in der Realität.

Die Informationen, die dieser Brief für mich bereithielt, muteten allesamt lächerlich an, die ausgeführten Banalitäten raubten mir den Atem, ich war emotional überfordert von dem ausgiebig beschriebenen hohen Blutdruck meiner Mutter, den interessanten Ausflügen nach Neuschwanstein, die sie mit mir unbekannten Freundinnen unternommen hatte, den dokumentarischen Aufzählungen regionaler kulinarischer Besonderheiten, als würde die Fantasie der Briefempfängerin für Süddeutschland nicht ausreichen. Auch die nächsten Briefe wichen nicht stark davon ab, im Gegenteil. Ich hatte in dem Moment genug gelesen, in dem mir bewusst wurde, dass die detaillierten Ausführungen über die momentane Witterungslage sich in jedem zu wiederholen schienen.

Was bleibt, nach allem, ist offenbar das Wetter. Es verbindet die Menschen wie ein gemeinsames Dach, man schwimmt im See und bespricht dessen Tagestemperatur mit Fremden, man füllt die zwischenmenschliche Leere. Offenbar eignete es sich auch, um zu vergessen. Den verheerenden Sturm im Großraum Stuttgart konnte ich nicht einmal metaphorisch deuten, es war einfach keine Reue herauszufiltern aus diesen Zeilen, nicht der geringste Wille zur Sühne, viel zu schnell widmete sie sich den noch offenen Versicherungsfragen. Alle Briefe blieben schmerzhaft schlicht, trotzdem oder gerade deswegen fingen meine Augen an zu tränen. Ich fragte mich, ob die Großmutter ebenso antwortete, darüber schrieb, dass schon wieder ein Unwetter unseren Keller geflutet hatte, dass ich seit Neuestem allergisch auf Gräserpollen reagierte und große Schwierigkeiten mit dem Erlernen von Fremdsprachen hatte, da ich äußerst unflexibel, ja geradezu verzweifelt an der deutschen Syntax klebte.

Es war Verrat, ein anderes Wort wollte mir dafür nicht einfallen. Ein schändliches, verschämtes Weiterführen einer Beziehung, die spätestens nach dem Prozess zu Staub hätte zerfallen müssen. Wütend sammelte ich die Briefe ein, ordnete sie nach Poststempel in die zuvor hastig notierte Reihenfolge und verschloss die Schleife genau an der zerknitterten Stelle. Die Kunstfasern meines Pullovers hatte ich durchgeschwitzt, der stechende Schweißgeruch, der aus den Achselhöhlen schubweise in meine Nasenlöcher eindrang, korrespondierte mit meinen stechenden Gefühlen, ein mieser, fast kranker Geruch, den nur Leute ausstoßen können, die um ihre Unversehrtheit fürchten müssen.

Das Fehlen meines Vaters, das schwarze Loch in dieser beliebigen Buchstabenansammlung, empfand ich als Affront, seine Anwesenheit hätte die zersetzende Normalität verhindert, jedes Wort zum Schreien gebracht, jede Seidenschleife versengt. Ich wusste, dass es ihn noch gab, von einem Todesfall wäre ich unterrichtet worden. Die Schuld als moralisches Konzept war offenbar etwas, was man zur Gänze verweigern konnte, indem man die Gegenwart zur relevanten Zeitform erkor. Eine Methode, die eher den Opfern vorbehalten sein sollte, aber gut, ich hatte mir zumindest von der Großmutter mehr Rückgrat erwartet.

Es war mir nicht möglich, sie darauf anzusprechen, ich wusste die Antwort ohnehin und konnte sie emotional nicht nachvollziehen, da ich selbst keine Kinder hatte, ja nicht einmal ein geliebtes Haustier. Anhand welcher Beziehung hätte ich die wahren Beweggründe der Großmutter schon erfassen können? Ihr die Vergangenheit in chronologischer Akribie ins Gesicht zu schleudern, hätte mich zu viel Kraft gekostet, nein, ich wäre mit Sicherheit unfähig gewesen zu einem stringenten Gefühlsausbruch, dazu hatte ich zu viele Erinnerungslücken.

Außerdem konnte man meinen bisherigen Erfahrungen nach die Behaglichkeitsgrenzen von Mitmenschen, trotzdem sie einem nahestanden, nur bis zu einem bestimmten Grad überschreiten, ohne dass bei ihnen ein eiserner emotionaler Vorhang fiel. Die Zerstörungskraft meiner Historie aktivierte zuverlässig den Selbstschutz anderer Menschen, dagegen war eigentlich auch nichts einzuwenden, in letzter Konsequenz musste ich den Preis der Isolation bezahlen, das war unumgänglich.

Anfangs zeigte die Großmutter sich irritiert von meiner plötzlichen Kühle, bald aber hatte sie die Geduld mit meinen vermeintlichen Launen verloren und agierte noch strenger als sonst. Sie beklagte meinen fehlenden Eifer in Haushaltsbelangen und füllte die

Leere zwischen uns mit immer neuen Aufgaben. Statt mit ihr zu plaudern, wusch ich jetzt das Geschirr und stellte mich ihrer schonungslosen Kritik, wenn danach noch Essensreste daran klebten. Sie blieb regelmäßig weg, auch über Nacht, ohne mir zuvor Bescheid zu geben, und in den ersten Nächten befielen mich zuverlässig nach dem Einsetzen der Dunkelheit tiefe Reue und panische Angst, wenn ich nicht einschlafen konnte, weil ich zu viel Angst vor dem Aufwachen hatte. Angst vor der kurzen Orientierungsphase im neuen Tag, während der man, gedämpft vom langsamen Anlaufen der Gehirnfunktionen, feststellen muss, dass man immer noch allein in der Wohnung ist. Sie kehrte zuverlässig im Laufe des Vormittags zurück und die stete Wiederholung dieses Ablaufs führte zu einem Abstumpfen meiner Gefühlslage, irgendwann konnte ich problemlos einschlafen, auch wenn ich allein war.

Mein Auszug nach Wien verlief derart unspektakulär, dass ich mich in den ersten Wochen selbst daran erinnern musste, in der Tat dauerhaft ein eigenes Zimmer im Studentenheim zu bewohnen und nicht auf Schulausflug zu sein. Die Großmutter schüttelte mir die Hand zum Abschied, was um ein Haar dazu geführt hätte, dass mir der kleine Karton mit Tellern und ein paar Gläsern entglitten wäre, es war eine ungelenke Situation, von innen wie von außen, darum machte ich eine vorhersehbare Bemerkung über die Korrelation von Glück und Scherben und verließ das Wohnhaus, um zu Fuß zum nahegelegenen Bahnhof zu gehen. Dort säuberte ich während der Wartezeit auf den Zug Richtung Wien meinen brandneuen Reisekoffer, ihr Geschenk zur bestandenen Matura, zupfte das hartnäckig verkeilte Gras zwischen den Rollen hervor und musste mehrfach niesen. So verlief der Abschied doch noch unter Tränen.

Ich besuchte sie nicht oft, offiziell aus finanziellen Gründen, in Wahrheit verlitt mir das Wissen um die Korrespondenz mit meiner Mutter jede Rückkehr in die Wohnung, der einst sichere Ort wurde plötzlich durchsetzt vom Geist der Vergangenheit, der in der Kommode residierte. Es war mir nicht möglich, mit der Großmutter aufrichtig über mein Leben zu sprechen, zu präsent war die Angst, dass jegliche Informationen direkt weitergeleitet werden könnten. Dadurch kühlte ihre Beziehung zu dem Mann, so gut sie auch gestartet hatte, merklich ab, die beiden hatten kaum Gelegenheit, unbeschwert miteinander in Kontakt zu treten. Auf unserer Hochzeit weigerte sie sich, eine Rede zu halten oder sich sonst wie einzubringen, es kostete mich schon alle vorhandenen Überredungskünste, sie überhaupt zu einer Teilnahme zu bewegen. Es war ihr Gott sei Dank noch wichtig, kein vermeidbares Gerede in Liebstatt zu provozieren, ich selbst hatte einfach nur keine Lust auf neugierige Fragen und schlecht verhohlenes Mitleid meiner neu angeheirateten Verwandtschaft.

Die Feier fand in einem kleinen Landgasthof statt, mit Blick auf die Berge und Stehtischen in einer Blumenwiese, deren reichhaltige Insektenbesiedelung allen Lederhosenträgern die Waden entstellte. Ich trug einen cremeweißen Hosenanzug mit schwingenden Ärmeln aus Chiffon, die einer Schleppe nachempfunden waren, und hielt stoisch dem allgemeinen Urteil über meine optische Tauglichkeit als Braut stand, das mit dem Konsenssatz des Tages, nämlich »Na, mal was anderes!«, kompakt zum Ausdruck gebracht wurde. Die Art der Aufmerksamkeit, die man als Braut eintägig generieren konnte, war mir von Anfang an zuwider gewesen, ich fand es unlauter, mit modischen Mitteln einen Marktwert vorzutäuschen, den ich so nicht haben konnte, außerdem mochte mich der Mann in Hosen, gern sogar, wie er damals behauptete.

Er selbst hatte sich für einen klassischen schwarzen Anzug entschieden, nachdem ich mit steigernder Vehemenz mehrere Vetos gegen Lederhosen aussprechen musste. Im Nachhinein war er dankbar dafür, nicht mit zerstochenen Waden im Flugzeug in die Flitterwochen zu sitzen. Wir flogen auf die erstbeste der griechischen Inseln, residierten dort in einem wunderschönen Hotel aus weißem Stein, das wir kaum verließen, ganz nach unserem üblichen Urlaubsgebaren. Ein Bett, einen Pool, eine minimal changierende Speisenfolge am Morgen und am Abend, mehr brauchten wir nicht, wir machten ohnehin kaum etwas anderes, als den exakten Ablauf unserer Hochzeit aus jeder möglichen Perspektive zu rekonstruieren. Wir konnten Stunden damit verbringen, den hysterischen »Ich bin aber Vegetarierin«-Auftritt seiner Cousine aus Südtirol mit verteilten Sprechrollen und unterschiedlich ausgeprägten Talenten zur Dialektimitation nachzuspielen oder die besten Texte auf den Glückwunschkarten zu rezitieren. Mein weit abgeschlagener Favorit war die Karte, auf der wir beide zwar mit falschen Vornamen adressiert wurden, aber auch als »Barbara« und »Markus« wertvolle, wie mir schien sehr persönliche Tipps (»Man muss nicht immer alles wissen«) für eine gelungene Ehe erhielten.

Gern ermittelten wir zu unserem reinen Amüsement den Alkoholpegel aller Beteiligten in Promille anhand der Getränkerechnung und dem mutmaßlichen Körpergewicht, wir kannten die Vorlieben unserer Gäste, den dramaturgischen Verlauf der Feier und wussten genau, wer die vier Zwetschkenschnäpse nach Mitternacht bestellt hatte, um danach enthemmt und mutterseelenallein eine Polonaise zu starten durch die Räumlichkeiten des Gasthofes, inklusive des Privatbereichs der Wirtsleute.

Die Großmutter saß die ganze Zeit an ihrem Tisch, unbeweglich und durch nichts zu animieren, manchmal schüttelte sie den Kopf über die ihr unverständliche Musikauswahl, manchmal murmelte sie unverständlich etwas hinein in das große Blumengesteck, das ich unbedacht, weil ohne Größenbeschränkung, in Auftrag gegeben hatte. Überhaupt hätte die gesamte Blumendekoration, eindeutig der Profitgier des örtlichen Blumenhandels geschuldet, eher als Sichtschutz dienen können denn als Tischschmuck.

Erst am späten Abend musste ich an der Großmutter vorbei auf dem Weg zur Toilette, mit sanft hinter mir her wehenden Chiffonärmeln wie ein bodenständiger Engel, ich war glücklich, endlich, und lächelte sie an, bereit, ein paar Sätze über die gelungene Feier auszutauschen. »Das wird nix werden, Elferl, das seh ich jetzt schon«, sagte sie und rollte selbstzufrieden mit zwei Fingern über die Perlen ihrer Halskette, extra für diesen besonderen Anlass gekauft, zumindest hatte sie das behauptet.

STATT LIEB

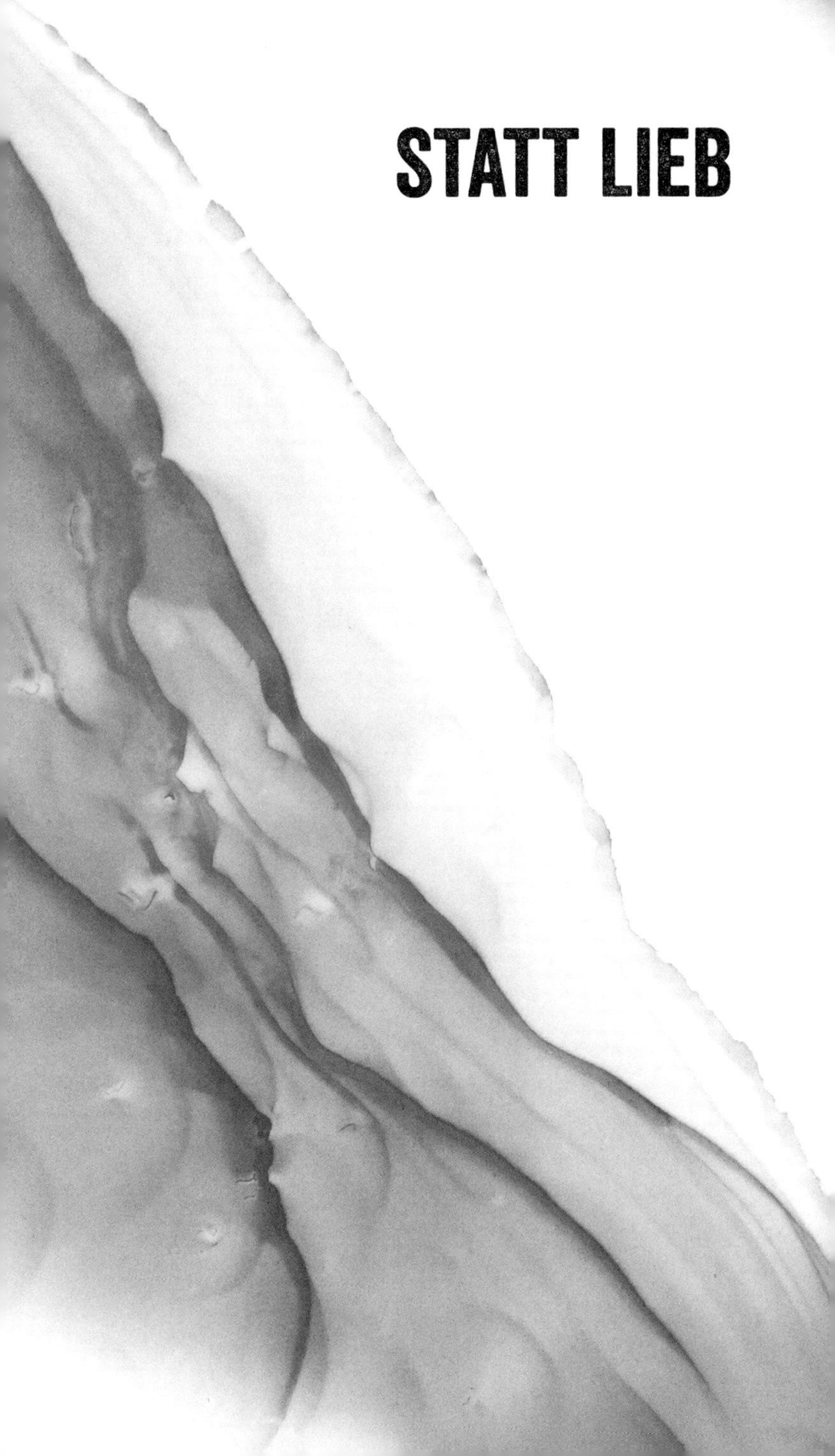

Seit er nicht mehr da ist, leide ich an unkontrollierbaren Wutanfällen, die einer erwachsenen Frau mehr als unwürdig sind, und ich gebe mein Bestes, mich zu zügeln. Offensichtlich und für mich beschämend diente der Mann wohl als eine Art Puffer zwischen mir und der Welt, warf sich regelmäßig mutig hinein in meine Gefühlsstürme und zerhackte sie dadurch in unschädliche Lüftchen.

Zwar nehme ich mir immer wieder aufs Neue fest vor, mich nicht von meinen Emotionen überwältigen zu lassen, mich mit autogenem Training hindurchzuatmen durch jegliche Aufwallung, weil ich jetzt allein und ungeschützt leben muss, ein rationaler Geist wie der meine sollte dieser Herausforderung gewachsen sein, bloß habe ich nicht mit der wachsenden Vulnerabilität gerechnet, die mich nach Jahren der Isolation im Seehaus immer zügiger in unberechenbare Einzelteile zersetzt.

Ich hatte mich hier eingerichtet, das Haus nach der Scheidung als optimalen Ort zum dringend notwendigen Rückzug auserkoren und meine seelischen Wunden durch vielerlei Annehmlichkeiten erstversorgt. »Von außen nach innen arbeiten« lautete die bewusst einfach gehaltene Devise nach der Trennung. Eigentlich nur ein Relikt aus meiner kurzen Zeit als Schauspielerin, aber ich habe diese prägnante Anleitung für viel mehr als das Rollenstudium gebrauchen können. Sie ist beispielsweise auch ein gutes Mantra für fast alle sexuellen Aktivitäten, hilft bei der Gartenarbeit ebenso wie bei der jährlichen Autoreinigung oder eben zur oberflächlichen Erststabilisierung nach schwerwiegenden Lebenseinschnitten.

Ein neuer Wasserhahn mit Kohlensäurekartusche und heißem Teewasser auf Knopfdruck wirkt beispielsweise hervorragend gegen aufsteigende melancholische Tendenzen. Ich kann ihn auch mit Tränenschleier vor den Augen bedienen oder mit zittrigen Händen, mir jederzeit innerhalb weniger Sekunden einen Beruhigungstee zubereiten. Im Notfall zählt jede Sekunde, sagt man. Ich besitze dafür eine Art Setzkasten, meinen kräutergefüllten Erste-Hilfe-Koffer, in den verschiedene Teebeutel (die teuren pyramidenförmigen aus Bio-Kunststoff ohne Metallklammern) passend etikettiert zu meinen gängigsten Gemüts- und Körperregungen einsortiert sind, gut sichtbar durch eine Glasscheibe. Ihre blumigen Namen, erdacht von misogynen Altwerbern, schwärze ich mit Edding und ersetze sie durch Eigenkreationen. »Es wird schon wieder – zwickedizwack« habe ich durch »Das Leben, ein Krampf« ersetzt, diese reaktionären Beutel dulde ich ausschließlich aufgrund ihrer hervorragenden Holunderblütennote, die ich leider trotz engagierter Recherche nirgendwo sonst in dieser Intensität finden konnte.

Meine ganzheitliche Blase der Bequemlichkeit darf unter keinen Umständen gestört werden, dazu kleide ich mich in weichste Wolle, das Fußbett meiner Schuhe ist vorsorglich maßgefertigt, ich ertrage keine Druckstellen mehr an den Zehen, sie haben jedes Recht, locker nebeneinander liegen zu dürfen. Meine

Bettwäsche ist aus Flanell im Winter, ägyptischer Baumwolle in den Übergangsjahreszeiten und Leinen im Sommer. Trotzdem wache ich oft schweißgebadet auf, ganz vermeiden lässt es sich nicht, aber wenigstens signifikant reduzieren. Die Albträume sind die eine Sache, aber synthetische Materialien eine andere, sie spornen meine Schweißproduktion noch zusätzlich an, Ursache und Wirkung verschwimmen dann zu einem nicht näher identifizierbaren Brei, dem ich nur durch sorgsame Auswahl meiner Nutztextilien entgegenwirken kann. Es ist alles bis ins letzte Detail durchdacht, dazu hatte ich viel Zeit in den letzten Jahren und Gott sei Dank auch die nötigen finanziellen Mittel.

Doch wenn trotz aller Vorsichtsmaßnahmen etwas schiefgeht, ich beispielsweise eingehüllt in mein Kaschmirplaid auf dem ergonomischen Fernsehsessel, schon im Begriff sanft einzunicken, einen Politiker im Fernsehen Stumpfsinn reden höre, dann regt mich das dermaßen auf, dass ich herumschreie, ich fühle die sedierende Weichheit meiner Gewandung nicht mehr, die Körperhärchen stellen sich allesamt auf und halten mir die Wollfasern vom Leib wie abwehrend ausgestreckte Hände, es ist vorbei mit dem mühevoll arrangierten Ruhezustand.

Lautstark beschimpfe ich seine lächerliche Frisur, das fleckig aufgetragene Streuhaar der Maskenbildnerin, dessen krebserregende Partikel sich mit dem Hautfett zu einer hellbraunen Schmiere vermengen. Vorgetäuschte Virilität ist ausnahmslos ein Warnzeichen, umso brutaler agiert der Mann, dem täglich anhand dieser demütigenden Kaschierungsbemühungen des Haupthaarschwundes in schmerzhafter Deutlichkeit der physische Niedergang vor Augen geführt wird, ich verstehe nicht, wie man so jemandem mit einer Wählerstimme sein Vertrauen aussprechen kann. Nehmt euch in acht vor den Gefärbten, den Drapierten, den Gepuderten oder gar den Implantierten! Sie haben nichts mehr zu verlieren, verehrte Damen und Herren!

Unter Umständen schlage ich vor lauter Wut mit der flachen Hand auf den Panzerglastisch neben meinem Fernsehsessel, mehrmals, eiskalt und in vollem Bewusstsein die unvermeidbare Verletzung in Kauf nehmend, indem ich die Intensität der Schläge parallel zu meinen Flüchen steigere, bis ich die kleinen Äderchen in meinem Daumenballen platzen spüre, Tausende lebendige Nadelstiche gegen all die Ungerechtigkeiten. Für diesen Fall, ich wünschte, ich könnte ihn als absolute Ausnahme bezeichnen, besitze ich eine ergonomische Daumenschiene, die mir in den Wochen darauf Linderung verschafft, wenn ich nicht mehr fähig bin, die adäquate Menge Zahnpasta schmerzfrei aus der Tube zu drücken.

Unter allen Umständen jedoch beschimpfe ich den schlecht sitzenden Anzug des Politikers, ein Leichtes, fürwahr, die Schuppen, die auf die Schultern rieseln und die erbärmlichen Ansichten noch eine Spur erbärmlicher machen, als würde sein Gehirn einfach ausflocken bei derartiger Einfältigkeit. Ich beschimpfe auch seine dumme gefügige Frau, seine stumpfsinnigen Kinder mit den engstehenden Augen, seinen schwulen Geliebten, den er beim Cruising am Hernalser Gürtel in Wien kennengelernt hat, dafür hat er vorsorglich immer einen blickdichten Plastikbeutel im Auto, seinen gottverdammten Bleifuß auf der Autobahn, den widerwärtig maßlosen Schweinefleischkonsum in der Grillsaison und schlussendlich, schon erschöpft und mit brechender Stimme, seinen haarigen Hängearsch, den reizlosen Faltenwurf, der hervorragend mit den haarigen Hängetestikeln korrespondiert.

Eventuell beruhige ich mich kurz, aus Gründen der Stimm- und Gemütsschonung, und fasse einen immer wiederkehrenden, nie umgesetzten Plan, der meinem Leben für einen Moment wieder Sinn einhaucht. Ich möchte den Männern das Altern ebenso verleiden, wie es den Frauen verlitten wird, indem ich eine breit angelegte ästhetische Offensive gegen Hängetestikel starte, sie sollen gesellschaftlich ähnlich verächtlich im Diskurs abgestraft werden wie ihr weibliches Pendant, der Hängebusen.

Auf Social Media ließe sich das gut anstellen, es müsste viral gehen, eine hässliche Animation schwingender Hängetestikel unterschiedlicher Größe, wild behaart und auf jeden Fall runzelig, dazu als Hintergrundmusik dieser eine große Hit von Marianne Mendt. Bei erfolgreicher Mobilisierung der Öffentlichkeit könnte ich dann Jahre später die Früchte meines Erfolges ernten, wenn im österreichischen Privatfernsehen der Leidensweg eines körperbewussten Geografieprofessors kurz vor der Pensionierung dokumentiert würde, dieser im Interview vor der mittlerweile im Mainstream angekommenen Testikelverjüngung beim Senderchirurgen wortreich seine Beweggründe erläuterte (»Ich mache das ausschließlich für mich selbst«) und nach der Werbung dann etwas wortkarger (»Ich bin doch überrascht, dass die Schmerzen so lange anhalten«) auf dem Rücken läge, mit einem dekorativen, zwischen die Oberschenkel geklemmten Eisbeutel, eine Woche nach dem erfolgreichen OP-Termin. Ich muss lachen bei der Vorstellung, spiegle mich dabei im Fenster, die Stirn glatt, die Nasenseitenwände kräuseln sich wie Krepppapier. Manches bleibt ein Traum, übrig nur die Wut.

Es war eindeutig falsch, den Mann zur Psychologin gehen zu lassen, er hätte seine Defizite schlicht für sich behalten sollen, wie perfekt geschliffene Zahnräder griffen sie in die meinen, alles lief wie geschmiert. Die meisten Menschen leben mit ihren emotionalen Unzulänglichkeiten bis zum Tod, man arrangiert sich, vergisst oder dichtet sie so lange um, bis Wahrheit und Wunschdenken zum erträglichen Hybrid werden.

Ich halte nicht viel von diesem maßlosen Verbesserungswahn an der eigenen Persönlichkeit, vor allem, wenn er zu einem dermaßen drastischen Ergebnis führt und die eigene Entwicklung auf Kosten einer nahestehenden Person, nämlich mir, geht. Man sollte sich nie unüberlegt trennen, den hinterlassenen Schaden kann man doch nicht einfach so in Kauf nehmen, aber das hat der Mann nicht verstanden, seine wachsende Selbsterkenntnis hat leider dazu geführt, dass er unserer Ehe entwuchs, ohne sich mit mir in irgendeiner Form abzustimmen.

Manchmal, wenn mir die willkürliche Erinnerung droht, mich hinterrücks überfällt mit expliziten Szenen, dann blättere ich durch die Fotoalben meiner Kindheit, reguliere meine Atmung, tief einatmen und in mehreren Stößen ausatmen, und staune über das abgebildete fröhliche Mädchen, immer links unten im Bild, damit auch möglichst viel Landschaft zu sehen ist. »Nur ein Mensch zahlt sich nicht aus, dich seh ich ja eh andauernd« war das Motto der Großmutter beim Fotografieren, ein Bergmassiv im Hintergrund das Minimum.

Ich lache am Ufer des Liebstätter Sees, hinter mir blähen zwei Schwäne ihre Flügel, wahrscheinlich haben sie mich kurz darauf angegriffen, ich erinnere mich nicht mehr genau, hatte insgesamt wohl zu viele unschöne Begegnungen mit diesen wehrhaften Tieren. Das dunkelblaue Wasser fügt sich nahtlos an den dunkelblauen Anorak, mein Torso ist vom See verschluckt, der Kopf schwebt lachend darüber, während der Unterleib fest an Land steht. Auf einem anderen Foto befinde ich mich neben dem Gipfelkreuz des Liebstätterkogels, lachend halte ich mir ein Osterei vor die linke Gesichtshälfte. Ich erinnere mich an gar nichts von diesem Tag, aber es sieht aus, als hätte ich viel Spaß gehabt.

Hin und wieder nehme ich einzelne Alben mit, wenn ich die Großmutter im Altersheim besuche. Ich komme zu selten, das erkenne ich am nachlässig versteckten Unmut der Pflegerinnen, eindeutig gehöre ich für sie in die Kategorie »sehr schlechte Angehörige«, und wenn ich genauer darüber nachdenken würde, was ich natürlich vermeide, dann haben sie selbstverständlich recht. Andererseits neigen die Menschen ja ohnehin stark dazu, immer nur vom Schlechtesten auszugehen, denn würde ich die Großmutter regelmäßig, gar häufig besuchen, dann käme mit Sicherheit der Verdacht auf, dass hier möglicherweise ein großes Erbe anstünde.

Ein Verdacht, der in Pflegeheimen nicht zum ersten Mal die Lebenserwartung einer Insassin signifikant verkürzen könnte, im allerschlimmsten Fall. Mit meinem Desinteresse sichere ich der Großmutter gleichermaßen das Mitleid und die Gleichgültigkeit ihrer Pflegerinnen, gesamt gesehen wieder ein Vorteil, es kommt nur auf die Betrachtungsweise an. Sie hat ein schönes Zimmer bekommen, mit eingeschränktem Blick auf den See und das Gebirgsmassiv, laut Pflegerinnen erstattet sie jeden Morgen einen Wetterbericht, bestehend aus der Analyse des höchsten Berggipfels und seiner momentanen Wolkenbekleidung. »Hat der Liebspitz einen Hut, wird das Wetter wieder gut. Hat der Liebspitz einen Sabel, wird das Wetter miserabel.«

Persönlich habe ich ihre Wetterprognose noch nie miterlebt, ich besuche sie ausschließlich am späteren Nachmittag, damit ich nach einer aushaltbaren Zeitspanne verlässlich von den Vorbereitungen für das Abendessen zum Nachhausegehen angeregt werde.

Die Großmutter hat sich gut erholt nach einer Reihe kleiner Schlaganfälle, nur ihr Erinnerungsvermögen hat jegliche Struktur verloren. Sie stellt mir immer wieder die gleichen Fragen, einerseits ist das zwar ermüdend, andererseits auch gut berechenbar, ich variiere die Antworten nur leicht, um sie nicht zu verwirren. Nach dem Mann hat sie sich seit der Trennung nie wieder erkundigt und als ich nach Liebstatt zurückgezogen bin, verhielt sie sich, als wäre kaum Zeit vergangen, sie behandelt mich noch immer wie ein pubertierendes Mädchen, manchmal bestraft sie mich auch für mittlerweile verjährte Vergehen, die sie sich über die Zeit erstaunlicherweise in allen Details gemerkt hat. Ich bekomme beispielsweise drei Wochen lang Hausarrest für das unbefugte Entwenden von zwanzig Schilling aus ihrer Geldbörse, meine Ohren werden auch fünfundzwanzig Jahre danach rot vor Scham, welch schöne, plastische Verbindung in die Vergangenheit. Den Hausarrest ignoriere ich trotzdem, ich lasse mich schon lange nicht mehr bestrafen, aber dafür besuche ich sie drei Wochen lang nicht.

Die Fotoalben bewahre ich im Arbeitszimmer auf, im früheren, nie genutzten Arbeitszimmer des Mannes, das ich jetzt zu einer Art Archiv unserer Vergangenheit umfunktioniert habe. Ich habe die handgeschriebenen Briefe in wasserdichten und angeblich dreißig Minuten feuerfesten verschlossenen Kisten sowie alle E-Mails, SMS und Kurznachrichten ausgedruckt in größeren Kartons gelagert, die Fotoalben ganz oben in den Regalen, das ist zwar unpraktisch, aber sicher – ich bin nachhaltig hochwassergeschädigt. Immer wieder arbeite ich mich akribisch durch unsere Kommunikation der letzten Phase unserer Ehe, filtere Anzeichen heraus, mache Wendepunkte fest, unterstreiche vermeintliche Indizien mit gelbem Leuchtmarker, nur damit sie mir schon am nächsten Tag lächerlich belanglos vorkommen. »Wir schenken uns wirklich nichts heuer zu Weihnachten?« kann gleichermaßen pragmatisch im Wortsinn gemeint sein wie als opportune Fluchtmöglichkeit aus jeglichen emotionalen Verpflichtungen.

Mit anderen Farben hinterlege ich die spürbaren Emotionen unserer Unterhaltungen, grün für ihn, orange für mich. Es herrscht ein offensichtliches Ungleichgewicht zwischen uns beiden und mir ist nicht klar, wie ich das erst jetzt bemerken konnte. Es ist lächerlich, aber ich zensiere mich im Nachhinein, bringe Balance in die Texte, indem ich mich selbst kürze, vereinfache, neutralisiere. Den Mann lasse ich Widerworte proben, aus »Wie du meinst« wird ein »Du musst deine Kontrollsucht professionell behandeln lassen, sonst wird es schlimm enden«, aber es nützt nichts mehr, im Gegenteil, obwohl ich es selbst schreibe, regt es mich sofort auf.

Die Konversationen mit anderen Menschen habe ich in einem extra Ordner abgeheftet, sie geben mir einen guten Einblick in seine wandelbare Persönlichkeit, sodass ich im Nachhinein dann doch überrascht war, wie präzise der Mann im beruflichen Kontext seine Wünsche formulieren konnte, als hätte er mich täglich für zehn Stunden abgeschüttelt. Ohne mich war er ein anderer Mensch, fast wie ein Fremder.

Mittlerweile bin ich froh darüber, dass ich damals seinen ungewohnten Widerstand ignoriert und darauf bestanden habe, die Ferienimmobilie klein und überschaubar zu halten, einzig der exklusive Seezugang war mir wichtig. Der Mann hat über meine unrealistischen Ansprüche gelacht, viel lieber wäre ihm ein großes Haus im Liebstätter Ortskern gewesen, er hatte überhaupt keine Lust, auf die schwierige Jagd nach einem verkäuflichen Seegrund zu gehen, deswegen habe ich lange Zeit sämtliche Immobilienanzeigen der Region studiert, zweimal täglich, bis endlich unser kleines Seehaus inseriert wurde. Ich kannte dieses Objekt sogar, früher war es im Besitz einer meiner Nachhilfelehrerinnen gewesen, sie hatte das Grundstück mit der damals schon in die Jahre gekommenen Badehütte den örtlichen Pfadfindergruppen unentgeltlich zur Verfügung gestellt. Oder eben mir, wenn ich mich bei der Konjugation lateinischer Verben besonders geschickt angestellt hatte. Mit etwas angereicherten Anekdoten über ihre einst geliebte Großmutter konnte ich beim Besichtigungstermin die Erben rühren, ich bekam den Zuschlag trotz immenser Konkurrenz, der Mann hatte nichts mehr dagegen einzuwenden.

Jeden Morgen gehe ich schwimmen, von Mai bis Oktober, meine Resistenz gegenüber kalten Temperaturen ist nach jahrelangem Training und leichter Gewichtszunahme überdurchschnittlich gut ausgeprägt, im Notfall hilft ein dünnes Neoprenshirt.

Wenn mich die Nachbarn beobachten, dann gebe ich vor, ihre Blicke und ihr Geraschel hinter dem Gartenzaun nicht zu bemerken, die Badehaube macht das glaubwürdig, ich könnte darunter ja auch Ohrstöpsel tragen. Dass die Nachbargrundstücke links von meinem Haus alle verbaut wurden, noch dazu mit architektonischen Scheußlichkeiten aus Sichtbeton, ist mir ein durchgehendes Ärgernis, wir hätten sie aufkaufen sollen, solange es noch möglich war, aber der Mann war dafür nicht zu begeistern, da er ohnehin kaum Zeit im Seehaus hatte verbringen wollen. Es war meines und ich hatte von Anfang an das Gefühl, dass er sich dort nicht wirklich wohlfühlte, auch wenn ich mich sehr um seine Partizipation bemühte und trotz meiner tiefen Abneigung gegen Dystopien sogar eine Reihe Science-Fiction-Romane ins Bücherregal drapiert hatte. Er las nie einen davon, es gibt sie noch immer, ich konnte die Kraft für eine Umgestaltung bisher nicht aufbringen und weiß ihre eindrückliche Farbgestaltung mittlerweile optisch zu schätzen. Mit ihren metallicglänzenden Buchrücken geben sie dem Regal einen ähnlichen Feinschliff wie die richtigen Felgen einem Auto. Ich bin eine Buchproletin, da hilft auch der Schuber mit den gesammelten Werken Dostojewskis nichts mehr, zu durchsichtig das Papier und die Intention, es fehlt eigentlich nur noch die farbwechselnde LED-Beleuchtung unter dem Regal.

Heute beobachten mich die Nachbarn wieder, ich kann sie aus den Augenwinkeln sehen, ein Ehepaar um die sechzig, durch und durch uninteressant schon in den wenigen Sätzen, die wir ausgetauscht haben (»Wohnen Sie auch hier?« – »Ja, und Sie?«), beide tun so, als würden sie gemeinsam ihren Gartenschlauch aufrollen, aber ich vermisse den Fokus auf die Tätigkeit, der Schlauch schlägt bockig Schleifen, sie sind eindeutig abgelenkt von meiner Anwesenheit.

Einmal musste ich mitanhören, wie die Frau ihren Mann über meine Figur befragte, als ich im Badeanzug zum Steg ging, leise zwar, aber mein Gehör ist exzellent. »Isst die überhaupt was? Oder trainiert die so viel?« wollte sie wissen und er schien eine Figurenanalyse dieser Art regelmäßig kommentieren zu müssen, routiniert flüsterte er: »Ich glaube, die ist einfach so dürr«, und beeilte sich, die darauffolgende eisige Stille mit einem »Eh schirch!« zu beenden.

Ich lege den Bademantel auf den Terrassentisch, ich will auf keinen Fall, dass er feucht wird, und gehe durch die nasse Wiese bis zum kleinen Steg, weiche den zahlreichen Nacktschnecken aus und verdränge die Erinnerung an den Tag, als mir eine von ihnen zwischen den Zehen stecken blieb, richtig hervorgequollen war sie, ihr abgesonderter Panikschleim extrem schwer entfernbar, ich musste ihn mit den Fingernägeln aus meinen Zehenzwischenräumen kratzen und dabei einen Brechreiz unterdrücken. Seitdem trage ich Flipflops, aber ich sollte diese Schuhauswahl überdenken, sie geben viel zu wenig Halt auf feuchtem Boden, ich rutsche immer wieder seitlich mit den Fersen weg, hinein ins nasse Gras, derartige Unannehmlichkeiten bin ich nicht mehr gewöhnt.

Meine Schwimmbrille ist maßgefertigt, mein Kopf wurde mit einem Laser vermessen, der Abstand zwischen den Augen ebenso wie die individuelle Anlage der Augenhöhlen. Es war mir den Aufwand wert, seither habe ich keine Abdrücke im Gesicht nach dem Schwimmen, muss nicht mehr mit dem auf Dauer schmerzhaften Unterdruck arbeiten, damit kein Wasser in die Brille dringt. Nichts ist störender als eine Brille, die sich langsam mit Wasser füllt, zuerst zwinkert man ungehalten, in der Hoffnung, es handelte sich um einen Irrtum, ein winziges Leck, das sich durch die Augenbewegungen von selbst wieder verschlösse, doch spätestens, wenn man verzweifelt versucht, mit steifem Hals das Unterlid weiter nach oben zu ziehen (eine anatomische Herausforderung, ich lerne nichts aus meiner Erfolglosigkeit), wird einem deutlich, dass an einer Neujustierung der Schwimmbrille kein Weg mehr vorbeiführt.

In offenen Gewässern bedeutet das ein erbärmliches Schauspiel, clownesk ausladende Beintempi gegen den drohenden Untergang, während man sich die Brille vom Kopf reißt, wütend selbstverständlich, und mit hochgestreckten Armen hin und her schüttelt, um den Innenraum dilettantisch von Wasser zu befreien. Danach leckt man komplett würdelos hinein in die Augengläser, es schmeckt nach Plastik und Seewasser, man leckt nur zur Sicherheit, denn im Schwimmverein haben das damals alle gemacht, angeblich, um ein Anlaufen zu verhindern. Das Anlaufen der Brillengläser ist das zweite große Übel, das ich mit meiner Maßanfertigung nun für immer verhindere, ich muss nicht mehr die Hälfte meiner Schwimmtrainings in einem diffusen Nebel verbringen, diese Schwimmbrille war demnach eine der besten Anschaffungen überhaupt. Jetzt sehe ich die Schiffe, die sich nähern, die leidigen Stand-up-Paddler und auch die allzeit kampfbereiten Schwäne, die Gefahren haben sich minimiert, nur mein Körper muss noch funktionieren.

Heute ist der See ganz ruhig, ich habe ein schlechtes Gewissen, die spiegelglatte Oberfläche durch das

Hineingleiten meines Körpers in Wallung zu bringen, achtlos, als würde man in ein perfektes Törtchen, filigrane Handarbeit aus der Patisserie, nach einem kurzen Blick einfach nur fest hineinbeißen, ohne diesen gesellschaftlich erwarteten Grundrespekt vor der Historie eines Gegenstandes. Aber der See ist mein Alltag, ich bin ihn gewohnt als ältesten Freund, sein Wille zur Perfektion greift automatisch auf mich über, ich ehre ihn durch die sorgsame Wahl meiner Ausrüstung. Langsam kraule ich zwischen zwei abgedeckten und verankerten Segelbooten Richtung Boje, die Boote bewegen sich nicht, bei Wind habe ich manchmal Angst, dass sie mich, plötzlich von einer starken Bö erfasst, zerdrücken, aber ich riskiere es trotzdem, weil ich einerseits nur schwer Abweichungen vom Gewohnten in meinem Alltag tolerieren kann und andererseits finde, dass man dem Tod auch hin und wieder eine Chance geben sollte.

Ich fühle mich danach lebendiger als Odysseus nach seiner erfolgreichen Durchquerung der Straße von Messina, wenn ich die Boote und die orangen Bojen alle hinter mir gelassen habe und nur mehr das offene Gewässer vor mir liegt, in vertraut gefährlicher Dunkelheit. Ich atme an der Wasseroberfläche tief ein und reize die Gleitphase eines Brustschwimmzuges so lange aus, bis ich starr im Wasser liege, unter mir bewegt sich etwas, wahrscheinlich eine Wasserpflanze, vielleicht ein Stück Plastikfolie, ich erlaube mir keine Verselbständigung der Bilder, schwimme schnell weiter.

Nach einem Hechtangriff brauchte ich Monate, um mein Training wieder richtig aufzunehmen und nicht nur halbherzig am Ufer zu dümpeln, voller Angst, irgendeinen Raubfisch bei der Brutpflege zu stören. Der

Vorfall wurde sogar in der Bezirkszeitung für die Ewigkeit dokumentiert, man fotografierte mich zu meinem späteren Entsetzen sehr unvorteilhaft im Badeanzug, mit schmerzverzerrtem Gesicht meine Verletzungen am linken Oberarm präsentierend, die blauen Flecken, Bissspuren und Abschürfungen sahen beängstigend aus, die restliche Haut weiß wie ein Industriekäse, meine Gesamterscheinung wirkte bedauernswert, ein Opfer der Natur, und zu allem Überfluss hatte mir ein serieller Druckfehler (zahlreiche Vergleichsexemplare wiesen exakt den gleichen Mangel auf) auch noch einen dunklen Fleck auf die Stirn verpasst, der aussah wie verschnittene Stirnfransen – so viel zu meinen erbärmlichen fünfzehn Minuten Ruhm in Liebstatt. Auf derselben Doppelseite war außer mir auch noch zweimal der aktuelle Bürgermeister abgebildet, manche Dinge ändern sich eben nie.

Kurz nach Erscheinen des Artikels sprach mich einer der Kellner vom Fischereihafenrestaurant beim Spaziergang an, er wisse genau, warum ich attackiert worden sei, ich könne das in Zukunft verhindern, indem ich meinen Schmuck beim Schwimmen ablegte, Hechte würden sich bekannterweise von allem, was glitzert, animiert fühlen. Mir war diese Eigenheit bisher nicht bekannt gewesen, auch fand ich es nicht auf Anhieb einleuchtend, weshalb ein glitzerndes Armband gleich zu solch gewalttätigen Ausschreitungen vonseiten des Hechtes führen sollte, andererseits erschien mir dieser Tipp als einfach umsetzbar. Und tatsächlich, ich fühlte mich durch diese schlichte Maßnahme subjektiv mit jedem Tag, der ohne weiteren Angriff verstrich, immer sicherer, eine falsche Kausalität, bewusst eingesetzt, aber nützlich für mein Wohlempfinden. Es bedarf einer großen Stärke, undurchsichtige Gewässer nach einer derart hinterhältigen Attacke nicht für immer zu meiden, ich glaube, dass nur wenige Menschen danach wieder zu ihrer Routine zurückgefunden hätten, so wie ich.

Der Fisch hatte mich einfach angepöbelt, anders kann man es nicht sagen, mit voller Wucht schoss er gegen meine linke Körperseite, erkennbar nur als dunkel glänzender Fleck, als kurze, bedrohliche Unruhe im See, und erschreckte mich dabei derart, dass ich das stechende Brennen am Oberarm erst zeitverzögert wahrnahm. Ich gestattete mir wider alle Impulse nicht, meinen Arm aus dem Wasser zu heben, um die mögliche Wunde zu inspizieren, viel zu weit entfernt vom Ufer, in diesem Moment war der Schweregrad der Verletzung unerheblich, selbst wenn er mir den Arm abgebissen hätte, ich müsste trotzdem so schnell wie möglich wieder zurück an Land. Deswegen schwamm ich weiter, als wäre nichts passiert, unter Wasser schloss ich die Augen, um meine Endzeitfantasien nicht unnötig zu nähren, über Wasser summte ich ein Lied, ein einfacher Trick, um jeden schlechten Moment in etwas angenehm Distanziertes zu verwandeln.

Spanische Volkslieder etwa eignen sich gut, die Melodien sind niederschwellig, die Texte voller Revolutionsgeist, alles in allem die perfekte Ablenkung. Ich summte *La Cucaracha* in der leicht drogenlastigen Version über General Huerta und der fischige Aggressor hielt sich glücklicherweise bedeckt, es folgte kein weiterer Angriff. Je näher ich dem Ufer kam, desto schmerzhafter pochte mein linker Oberarm, immer wieder drängten sich Bilder einer Blutspur auf, die ich wohl nachzog, aber ich kontrollierte meine Nerven, immerhin schwamm ich in Süßwasser, da stellte diese

Begegnung schon den Gefährlichkeitsgipfel der heimischen Seefauna dar. Den Wasserstand auf Hüfthöhe hörte ich sowohl auf zu summen als auch zu schwimmen, watete aus dem See und ließ mich in den Kies am Ufer sinken.

Ein theatralischer Rettungsmoment, der mir sofort lächerlich dadurch wurde, dass sich viele Steinchen in meinem Badeanzug sammelten. Banalitäten nehmen keine Rücksicht auf lebensbedrohliche Situationen, ich weiß noch genau, wie mich das enttäuschte. Ich hätte viel darauf gewettet, dass sich einer meiner neugierigen Nachbarn in Rufweite aufhielt, jedoch waren die angrenzenden Gärten trotz schönsten Wetters wie leer gefegt. Als würde man selbst in einer derartigen Notlage jegliche Interaktion mit mir scheuen. Nach einem kurzen Blick auf die Wunde, den ich mich zu wiederholen weigerte, verständigte ich eigenhändig die Rettung. Ich glaube, man konnte den Knochen sehen. Vielleicht bin ich aber auch nur dramatisch veranlagt.

Die Wundversorgung im Krankenhaus beraubte mich endgültig jeglicher Würde, eine von einem Hecht attackierte mittelalte Frau im Badeanzug reichte nicht aus, um dem überarbeiteten diensthabenden Arzt auch nur einen Hauch an Höflichkeit abzutrotzen. Das Fehlen eines akademischen Titels ist ja quasi einem Todesurteil gleichzusetzen im medizinischen System dieses Landes, einem Todesurteil auf Raten, man sollte sich eher einen Doktortitel im östlichen Ausland kaufen als eine Zusatzversicherung, das wäre alles in allem sicherlich effizienter. Sogar beim Gynäkologen wird hierzulande mit Titel aufgerufen, »Frau Diplomingenieur Markovsky« eilt dann, durch und durch statusbewusst, mit hastig an sich geraffter Mittelklassedesignerhandtasche aus dem Wartezimmer zum jährlichen Krebsabstrich in den Untersuchungsraum 3.

Der diensthabende Arzt desinfizierte die Wunde und reagierte ungehalten auf meine Schreie, ich müsse mich schon ein wenig zusammenreißen, meinte er, die herbeieilende Krankenschwester unwirsch abwinkend. Ich sah dazu aber situationsbedingt nun wirklich keinen Grund und schrie weiter, weil es schrecklich brannte. Einen kleinen eingerissenen Zahnabdruck verschloss er mit Tape, offenbar traute er sich nicht zu nähen, wenn ich schon bei der Wundreinigung derart schmerzkommunikativ auftrat, dann gab er mir Anweisungen für die Körperhygiene zuhause und verließ den Behandlungsraum grußlos, genau wie er ihn betreten hatte.

Ich ärgerte mich darüber, dass es für Menschen ohne passenden Titel in Krankenhäusern wenige Möglichkeiten gibt, mit nonchalantem Einsatz von Statussymbolen zu kompensieren. Meine Birkin Bag hätte ihm, wenn auch nur unterbewusst, sicherlich den Respekt abgenötigt, den ich im ausgeleierten Sportbadeanzug schmerzlich vermisste. So funktioniert das System, irgendwann hörte ich auf zu glauben, dass meine Ärzte mich aufgrund meiner einnehmenden Persönlichkeit umsichtig behandeln, einzig und allein der berechenbare Status, das heilige Triumvirat aus Versicherung, Titel und sichtbaren Wertgegenständen, bringt in diesem Land die notwendige medizinische Aufmerksamkeit.

Ich beschloss, in Zukunft statt der obligatorischen Rettungsdecke aus hässlichem Alumaterial auf meinen eleganten Wollmantel mit magnetischer Goldschließe zu bestehen, sollte ich jemals wieder in einem unpassenden Aufzug behandlungsbedürftig werden, sozusagen die zu Ende gedachte Version von »Immer frische Unterwäsche tragen, man weiß ja nie«.

Langsam wird mir jetzt doch kalt, auch wenn ich mich zügig durch das Wasser bewege, es fühlt sich besonders hart an, trotz der erhöhten körperlichen Anstrengung haben sich die Poren an meinen Oberschenkeln zur Gänsehaut formiert, ich streife immer wieder mit den Händen darüber, abwechselnd links und rechts, um sie zu glätten, hin und wieder durchläuft ein Schauer meinen Torso. Ein unangenehmer Morgen, finde ich und drehe um, man muss es ja nicht übertreiben mit der Bewegung, bloß keinen übersteuerten Ehrgeiz, der Rückweg fühlt sich trotzdem immer an wie eine Niederlage, mit letzten Kräften wieder zurück ans Ufer, an dem das Haus schon ungeduldig wartet mit all seinen Befindlichkeiten, die Nachbarn werden mich im Garten ansprechen, ohne dass ich mich dagegen wehren kann, in der Interaktion verliere ich sofort meine gesamte Persönlichkeit. Wie eine künstliche Intelligenz wähle ich dann aus einer Datenbank die ortsüblichen Floskeln zum Thema Wetter, Wassertemperatur, Müßiggang und Vermögensstatus. Meistens versuche ich die Angriffsfläche kleinzuhalten, meinen spürbaren Widerwillen mit Humor zu entschärfen, aber hin und wieder überkommt es mich, ein Programmierfehler, und ich streue Verstörendes, kleine Bugs in die schleppenden Konversationen. Liebstatt wartet täglich auf meine Rückkehr ans Festland, um mein Leben zu sezieren.

Die Nachbarn haben in der Zwischenzeit den Schlauch erfolgreich aufgerollt, der Mann sitzt auf der Veranda und blättert durch Werbeprospekte, die Frau kniet vor dem Blumenbeet am Gartenzaun, genau da, wo ich vorbeigehen muss. Es überrascht mich nicht, im Gegenteil, ich freue mich, weil es windig ist und mir die Witterung somit eine gute Ausrede bietet, möglichst schnell zu meinem Bademantel auf der Terrasse zu gelangen.

Ich hasse es, wenn ich tropfnass in ein Gespräch verwickelt werde, die Nachbarin hat überhaupt kein Taktgefühl, andauernd kommentiert sie meine zu helle Hautfarbe, und ich verweigere bewusst den anerzogenen Impuls, mich für meine Blässe zu rechtfertigen. Sie braucht das, dieses Ventil, eine postklimakterische Person, die sich mental und hormonell gänzlich unbegleitet, ja gar katholisch leidensfähig bis hin zum Knochenschwund durch die harten Wechseljahre gekämpft hat und danach nicht im Geringsten dafür belohnt wurde. Diese Enttäuschung muss man erst einmal verarbeiten als Frau, diese gnadenlose Konfrontation mit der eingetretenen Nutzlosigkeit, ohne dabei einen bitteren Grundtenor zu bekommen, da sind ihr die andauernden Kommentare eigentlich nicht zu verübeln, denke ich. Wenn es hilft, bitte schön.

Ihr Oberkörper hat sich in den letzten Jahren tonnenartig verbreitert trotz strenger Diäten und Nordic Walking, die verhältnismäßig dünn gebliebenen Beine wirken im Vergleich lächerlich jugendlich. Ihre Haare sind stumpf, strohig und vor allem schütter, die freche Kurzhaarfrisur mit Farbakzenten vermag das nicht zu kaschieren, der Liebstätter Stadtfriseur hat auf ihrem Haupt eine seiner drei charakteristischen Frisuren verwirklicht. Er ist ein wahrer Frauenfeind, verweigert jungen Mädchen den Kurzhaarschnitt und älteren Frauen das lange Haar, sein Weltbild ist seit mehr als dreißig Jahren unverrückbar und inkludiert einen einzigen Stufenschnitt für weibliche Blütejahre.

Das Gesicht der Nachbarin war immer schon vorgealtert, seit ich sie kenne mindestens um acht Jahre, ihre Nasolabialfalten sind offenbar genetisch tief angelegt, und ich glaube, das ist auch der Grund, warum sie derart auf meine Hautfarbe fixiert ist. Ich bin bleich und faltenfrei, zweimal im Jahr fahre ich nach Salzburg und lasse mir dort den nicht weiter benötigten Teil meiner Mimik (Freude, Überraschung, Zweifel) wegspritzen, so fällt es niemandem auf. Meine Ärztin behauptet, ich hätte ein exzellentes Hautbild und das käme rein durch die konsequente Verwendung von Sonnencreme. Das freut mich durchaus, diese für mein reales Leben irrelevante Nichtigkeit, aber man sieht es mir nicht an. Im Gegensatz dazu scheint die Nachbarin eine Sonnenanbeterin gewesen zu sein, damals, als man den Grad des Wohlstands und die damit verbundenen Urlaubsreisen noch anhand der Gesichtsfarbe abschätzen ließ. Ihre Hyperpigmentierung wäre eine eigene dermatologische Studie wert, ungeschminkt sieht sie aus wie ein Waschbär.

»Na Frau Nachbarin, wieder fleißig im See heute? Das ist schon ein herrliches Leben, net woa? Schön ist das, wenn man es genießen kann, ich hab ja leider durchgehend was zu tun!«, sagt sie jetzt, immer noch knieend und die Augen zu bösartigen Schlitzen verengt, aber das kann auch am Wind liegen, vielleicht will sie keine Bindehautentzündung riskieren. Ich stelle mir vor, wie ich ihre beeindruckende Gartenschere, auch eine Art regionales Statussymbol, fest zusammendrücke und ein Finger ins Gras fällt. Wahrscheinlich bräuchte das weniger Kraft als gedacht, ein kleiner Widerstand nur, es ruckelt kurz und das eigene Herz ruckelt mit, es bleibt die Restangst, dass man etwas verwechselt hat, ähnlich wie beim Hühnertranchieren. Nicht jedem liegt es im

Blut, Knochen zu brechen, das kostet schon ein wenig Überwindung. Je sauberer der Schnitt, desto verzögerter der Blutfluss, ich würde beschämt von meinem Temperament zwei Sekunden lang auf den Fingerstummel starren, bevor das Blut herausschösse und das begleitende hysterische Geschrei einsetzte.

Ich lächle ohne Augen und antworte in Floskeln, irgendetwas mit Wind, Blumen und der Sinnlosigkeit von Gartenarbeit bei dieser Witterung. »Jetzt muss ich aber rein und mich mit einem schönen Chai Latte aufwärmen«, schließe ich bewusst mit einem ihr sicherlich unbekannten Getränk, das mich noch unsympathischer macht. Wennschon, dennschon, heute will ich es wissen.

Ich schlüpfe in den Bademantel, reibe meine Füße an dem vor der Terrassentür bereitliegenden Handtuch trocken, die Post nehme ich gleich mit nach drinnen, sie wurde in der Zwischenzeit gebracht. Vielleicht sollte ich einheizen, es ist etwas kalt für die Jahreszeit und ich sehe gern den Flammen zu, wie sie hinter Glas gefangen nach Zerstörung flehen. Mein Brennholz lagere ich seit Neuestem in einer dieser scheußlichen Gartenhütten aus Polypropylen, es ging nicht mehr anders, ich muss es hinnehmen, dass mein Sinn für Ästhetik täglich von diesem schiefergrauen Ungetüm attackiert wird. Ich musste mir von einem Tag auf den anderen eine versperrbare Aufbewahrungsmöglichkeit organisieren, bedauerlicherweise war keine Zeit dafür, lange nach einem optischen Kompromiss zu suchen. Vorher lagerte ich die Scheite einfach gestapelt an der wettergeschützten überdachten Hauswand, das war einerseits durch den kurzen Weg viel praktischer und andererseits sogar noch nett anzusehen, einladend und gemütlich.

Als alleinstehende Frau mit viel sichtbarem Brennholz lebt man in der Gegend gefährlich, vor ein paar Wochen bin ich mitten in der Nacht von einem seltsamen Scharren wach geworden, das auch nicht verstummte, als ich schon längst aufgehört hatte, von einem besitzergreifenden vier Meter langen Bandwurm zu träumen, der sich partout einen Weg in die Freiheit bahnen wollte aus jeder beliebigen und anatomisch unmöglichen Körperöffnung, die ich abwechselnd zuhielt, wie bei einem Geschicklichkeitsspiel. Dieser Traum war dermaßen plastisch, noch Tage später zuckte ich zusammen, wenn meine Körpererinnerung für einen Sekundenbruchteil das Bauchgefühl mit ungehaltenem Bandwurm reproduzierte. Natürlich beging ich auch den Fehler und recherchierte am nächsten Morgen über möglichen Parasitenbefall, bis dato war mir nicht klar gewesen, wie viele verschiedene Arten von Würmern existierten, ich hielt fälschlicherweise Pilze für den Endgegner der Menschheit, aber ein schnöder Rinderbandwurm, eingefangen durch das Beef Tartare vom Landgasthof, das war in puncto Bedrohung doch um einiges konkreter. Durch alle Windungen drapiert residiert er meterlang im Darm und fordert immer mehr Nährstoffe vom Wirt wie ein Säugling, er saugt die Vitamine und Mineralstoffe aus dem schwächer werdenden Körper, das kleine Mäulchen mit den Widerhaken fest verkeilt in der Darmwand.

Bis ins Gehirn können seine Eier theoretisch wandern und dort erst harmlose Zysten bilden, die Monate später beim Absterben der Eier entzündlich werden und zu kognitiven Defiziten und Krampfanfällen führen, angeblich, ich habe den konkreten Vorgang nicht verstanden (kognitives Defizit?), die Eier diffundieren offenbar irgendwie durch das menschliche Gewebe. Es dauerte keine zwei Stunden und ich war überzeugt von der prophetischen Kraft meines vorangegangenen Traumes, fing an, den Befall zu spüren, und entwickelte innerhalb kürzester Zeit eine obsessive Fixierung auf meinen Stuhlgang und alle damit verbundenen körperlichen Auffälligkeiten.

Natürlich hätte ich auch einen Arzt aufsuchen können, aber das war mir peinlich, würde ich in diesem Fall doch unter keinen Umständen um eine Stuhlprobe herumkommen. Es ist mir unmöglich, fremden Menschen Einsicht in die Beschaffenheit meines Stuhlganges zu gewähren, lieber sterbe ich an epileptischen Krampfanfällen, zur Strecke gebracht von einem Parasiten, der mir immerhin bis zum bitteren Ende eine symbiotische Begleitung war. Ich bildete mir ein, die Stelle zu spüren, an der sich sein Mäulchen in meinem Darm verhakte, links neben dem Nabel, leicht unterhalb, ein steter Druckpunkt wie ein winziger Dauermuskelkater auf einem Quadratzentimeter Gewebe. Also freundete ich mich mit dem Gedanken an den Bandwurm an, akzeptierte ihn als einen nach Anschluss suchenden Untermieter mit gesundem Appetit und konnte auf diese Art auch meine Fixierung auf alle Körperfunktionen langsam wieder auf Normalmaße hinunterschrauben.

In jener Nacht, in der mich das Scharren aus dem Bandwurmtraum gerissen hatte, irrte ich im Nachthemd durch das Haus auf der Suche nach der Geräuschquelle. Ich dachte an einen Siebenschläfer in der Wanddämmung, an Mäuse, ungern an Einbrecher, die dumm genug waren, solchen Lärm zu machen. Irgendwann ging ich nach draußen, auf Zehenspitzen rund um das Haus und entdeckte Hermann, den Religionslehrer der Handelsakademie, der zwei Straßen entfernt wohnte, im Halbdunkel unter dem Vordach. Er schlichtete Holzscheite in einen Leiterwagen, den er offenbar mitgebracht hatte, und bekam sein einsetzendes blankes Entsetzen bei meinem Anblick erstaunlich schnell wieder in den Griff.

»Du hast eh so viel davon!«, sagte er und ich drehte mich reflexartig um, in der Hoffnung auf Zeugen dieser Absurdität, natürlich erfolglos mitten in der Nacht. Nur der See machte sich unterstützend bemerkbar mit kleinen Wellen, die erbost am Ufer brachen und über den Schotter leckten bis an den Wiesenrand, schwach beleuchtet vom Mondlicht.

»Das lässt du schön sein!«, antwortete ich, die Stimme brüchig vor Wut.

»Wennst meinst!«, schloss er den Dreisatz der Unglaublichkeit, musterte abschätzig mein heruntergekommenes Nachthemd (eine sentimentale Erinnerung an die Hochzeitsreise) und zog den Leiterwagen über den akkurat getrimmten Rasen Richtung Straße. Grußlos, auch das regte mich auf, unabhängig von der Situation. Ich überlegte, ihm nachzurufen, dass der Leiterwagen ja schon voll mit meinem Holz war, aber ich wusste, dass er nicht stehen bleiben würde, also richtete ich mit den Zehen das niedergedrückte Gras so gut wie möglich wieder auf und ging zurück ins Haus. An Schlaf war nicht mehr zu denken, ich widmete mich stattdessen der Recherche über verschiedene Arten von versperrbaren Gartenschuppen, allesamt ein Schock für das Auge, ein Haufen architektonischer Totgeburten, erst danach den Bandwürmern und ihrer parasitären Lebenseinstellung.

Schon wieder ist ein Brief von der Gemeinde in der Post, ich lege ihn auf die Porzellan-Etagere zu den anderen. Der junge Bürgermeister gefällt mir nicht, er versucht seine Machtgier zu kaschieren, natürlich vergeblich, wenn ich etwas riechen kann, dann diese provinzielle Machtgier, sie trieft in Liebstatt jedem Zweiten aus den Poren, der alte Bürgermeister hatte sich viel authentischer benommen, feudal geherrscht, Seezugang geteilt wie Jesus das Meer, da wusste man wenigstens, woran man war. Sich mit ihm anzulegen hätte ich mich vielleicht gar nicht getraut, an ihm scheiterten schon andere Kaliber als ich. Einer seiner Stadträte erschoss sich damals im Büro, eine kurze, aber kräftige Erschütterung in Liebstatt, schließlich war gerade neu ausgemalt und der Fußboden restauriert worden.

Es sei dahingestellt, inwieweit man als guter Gemeindediener gelten könne, wenn man bei einer an sich schon egoistischen Selbsttötung nicht wenigstens an das ohnehin knappe Sanierungsbudget denke, sagte der Bürgermeister danach angeblich in privater Runde und man gab ihm verhalten recht. Der Stadtrat war ja ausgerechnet für Finanzen zuständig gewesen, die Kompetenz für umsichtigeres Handeln konnte doch nicht zu viel erwartet sein von einem Mann wie ihm, umso enttäuschender empfanden die Liebstätter seine finale Entscheidung und deren Austragungsort, ganz und gar unverzeihlich war es jedoch, dass er vor seinem Tod noch ein Rundmail verschickt hatte, in dem er in ungewohnt rüdem Stil auf das Mobbing hinwies, das ihm angeblich vonseiten des Bürgermeisters widerfahren war. Insgesamt eine ungustiöse Angelegenheit, gespickt mit unangemessenen vertraulichen Details, die der Bürgermeister im Endeffekt geschickt zu nutzen wusste, indem er öffentlich zugab, psychologische Unterstützung in diesen schweren Zeiten der Verleumdungen in Anspruch zu nehmen. Das brachte ihm Respekt ein, einem Mann, der sich trotz seiner Machtposition nicht scheute, Schwäche zu zeigen, die Liebstätter waren richtig beseelt von diesem frischen Wind und der kurzzeitigen Medienpräsenz, die da durch die Ortschaft wehten.

Ich hatte mich zu dieser Zeit mehr auf die pikanten Details konzentriert, aber nicht alles verstanden, es ging beispielsweise um die Pacht eines Restaurants, die unter der Hand vergeben worden war, oder um das Aufkaufen bestimmter Grundstücke und deren Umwidmungen. Der Stadtrat schien Bedenken angemeldet zu haben, die allesamt ignoriert, ja gar auf perfide Weise ins Lächerliche gezogen wurden, wenn man dem letzten Mail Glauben schenken durfte.

Er war keine besonders einnehmende Persönlichkeit gewesen, aber ich erinnere mich noch gut an seinen optischen Verfall in den Monaten vor der Selbsttötung. Es hätte eigentlich jedem in Liebstatt auffallen müssen, aber als Außenstehender sind dir ja die Hände gebunden in solch einem Fall. Wenn man hinter dem Stadtrat steht in der Warteschlange im örtlichen Fischgeschäft und dort seinen speckigen Mantelkragen anstarrt, auf dem sich eine dicke Schicht Schuppen angesammelt hat, so großblättrig, dass man von einer Schuppenflechte oder Ähnlichem ausgehen muss, dann stupst man ihn doch als einfache Bürgerin nicht ohne Weiteres an und weist ihn höflich auf diesen Missstand hin. Nicht nur, dass jede Bewegung des Angesprochenen die Gefahr einer unkontrollierten Schuppenverteilung im Raum mit sich gebracht hätte, nein, eine derartige Intimität zwischen Staatsdienern und Staatsbewohnern ist zudem höchst unangebracht, man sollte die Grenzen wahren und dem Menschen, sogar dem politisch tätigen, die Freiheit zur optischen Verwahrlosung in einem gewissen Rahmen zugestehen.

Natürlich konnte ich weiters nicht umhin, ebenfalls zu bemerken, dass seine Fingernägel unüblich lang gewachsen und an den Spitzen gelblich verfärbt waren und dass sein Haar offenbar seit Längerem schon keine Grundreinigung mehr hatte erleben dürfen, so schwer klebten die schütteren Strähnen an der Kopfhaut, aber ich sah nicht allzu genau hin, um einerseits nicht zu starren und mir andererseits noch genügend Appetit auf die Bachsaiblingfilets zu bewahren, die ich zu bestellen und braten vorhatte.

Im Nachhinein war das unter Umständen ein Fehler gewesen, aber ich hatte instinktiv auf Eheprobleme getippt, wahrscheinlich aufgrund meines eigenen beschränkten Erfahrungshorizontes, und da wäre eine Einmischung noch deplatzierter gewesen als ohnehin.

Nach dem verfrühten und tragischen Ableben des Stadtrates ging es nach einer kurzen innenpolitischen Schockstarre munter weiter mit den Grundstücksumwidmungen, der Bürgermeister blühte in seinen letzten paar Amtsjahren regelrecht auf, was sich innerhalb seiner gesamten Familie spürbar positiv auswirkte.

Die jüngste seiner Töchter übernahm die Direktion der örtlichen Hauptschule direkt nach der Ausbildung, ein kluger Schachzug, denn eine Frau auf diesem begehrten Posten war zweifelsohne als Innovation zu betrachten in Liebstatt. Der Bürgermeister ging mit der Zeit und irgendwann auch in Pension, nicht ohne vorher seinen Nachfolger zu installieren, einen unsympathischen Jungspund, dessen bemerkenswertestes Merkmal seine lächerlich anmutende Vorliebe für eine gewisse Marke Freizeithemden darstellte. Er entwickelte überraschend zügig, als hätte er schon Jahre Zeit gehabt, sich darauf vorzubereiten, eine Vision für Liebstatts Zukunft, die sich hauptsächlich auf eine Stärkung des touristischen Standorts konzentrierte. Die Planung eines Wellnesshotels direkt am Seeufer nahm Jahre und den Verschleiß einiger Architekturbüros in Anspruch, es amüsierte mich zu beobachten, wie jede noch so kleine Strömung des akuten Zeitgeistes in einem einzigen Bauwerk untergebracht werden sollte.

Die im Rathaus ausgestellten Arbeitsmodelle variierten vom puristisch schlichten Sichtbetonkubus bis hin zur hochgradig kitschigen Neuinterpretation antiker griechischer Tempel, die Ausstattung schwankte zwischen wildblumengesäumten Kneippanlagen und privaten Whirlpools mit LED-Beleuchtung, das Wellnessangebot zwischen Blutegeltherapie und Kryolipolyse, alles in allem ein orientierungsloses Durcheinander und eine schamlose Anbiederung an eine möglichst diverse Kaufkraft. Die naturverbundenen Besserverdiener sollten offenbar gleichermaßen zufriedengestellt werden wie die luxusorientierten, etwas zeigefreudigeren. Nicht weiter verwunderlich, dass jeder Versuch, diese beiden gegensätzlichen Pole harmonisch zu verbinden, fehlschlagen musste, und so zog sich die Planung über Jahre.

Jahre, in denen ich regelmäßig Post von der Gemeinde bekam, zuerst gönnerhaft (»Eine einmalige Gelegenheit«), dann sukzessive immer großzügiger (»Wir passen unser Angebot in Anbetracht der Umstände gern an«), jovial bittend (»Uns Liebstättern liegt doch allen gleichermaßen die Entwicklung der Gemeinde am Herzen«), unterwürfig bittend (»Diese Verzögerung verursacht größere Verluste«), latent drohend (»Auch ohne Ihre Kooperation werden wir dieses Projekt nicht fallen lassen«) bis hin zu offen feindselig (»Beschwerden wegen Beeinträchtigungen durch Bauarbeiten bitte direkt an die Gemeinde richten«). Selbstverständlich verweigere ich den Verkauf meines Hauses bis heute, ein Seegrundstück, selbst ein überschaubares wie das meine, ist einfach unersetzbar.

Die Briefe auf der Etagere drohen herunterzurutschen, es sind schon wieder zu viele, ich muss sie in den eigens angelegten Ordner umsortieren. Ungeöffnet sind sie viel platzsparender und auch nervenschonender, ich habe es aufgegeben, mich tagelang über die hölzernen Formulierungen der Gemeindebediensteten aufzuregen. Ungefähr alle zehn Briefe öffne ich doch einen, aber nur, um zu überprüfen, ob die Situation nicht vielleicht eine unerwartete Wendung genommen hat, und grob über den Status quo im Bilde zu bleiben. Bisher verlief alles ohne Überraschungen, ein dramaturgischer Durchschnittsverlauf, der Baustart vor mittlerweile über einem Jahr kam wie erwartet.

In den Monaten davor hatte ich es schon geahnt, auch ohne die Briefe zu lesen und mir die Daten zu notieren, denn auf dem unbewohnten Nachbargrundstück wurden jede Menge Holzpfähle eingeschlagen, andauernd wanderten Delegationen, bestehend aus diversen mittelalten Herren, durch die Wiese, machten Fotos und schüttelten Hände. Manche von ihnen gestikulierten in Richtung meines Hauses, meines Grundstücks, sie sprachen erbost, wahrscheinlich auch unflätig, das konnte ich an der sich rötlich verfärbenden Gesichtshaut erkennen und daran, dass die restliche Delegation meistens irgendwann unangenehm berührt auflachte, um die Spannung abzubauen, ein sozialer Freundschaftsdienst, nicht jeder mag seinen Frauenhass gar so unverhohlen ausleben, das ist schließlich auch eine Stilfrage.

Trotzdem war ich in diesen Momenten froh, der Kunst des Lippenlesens nicht mächtig zu sein. Wahrscheinlich hätte es ohnehin nichts gebracht, der örtliche Dialekt zeichnet sich durch besondere Maulfaulheit aus, selbst bei Beschimpfungen bewegen sich die Münder nicht agiler als die der depressiven Clownfische im Aquarium beim Chinesen, nur hin und wieder meinte ich ein paar Zischlaute zu erkennen. Dann saß ich mit zitternden Händen versteckt hinter den Wohnzimmervorhängen und bemühte mich, den Spalt wieder sanft zu schließen, um nicht durch ruckartige Bewegungen auf mich aufmerksam zu machen. Die Lächerlichkeit der Gesamtsituation hatte ich zwar durchgehend klar vor Augen, aber ich kann mit Beschimpfungen einfach nicht umgehen.

Ich möchte dringend duschen, das Seewasser hat heute einen leicht metallischen Geruch auf meiner Haut hinterlassen, sie spannt unangenehm, aber ich höre Stimmen von draußen, die mich noch zögern lassen, fröhliches Geplapper, vielleicht klingelt es gleich an der Tür, da ist es besser, den Bademantel noch anzuhaben. Unschlüssig darüber, was ich mit der selbst verordneten Wartezeit anfangen soll, setze ich mich auf das Sofa, auf die Kante und nur mit halbem Gewicht, ich will keinen nassen Fleck auf dem Stoff hinterlassen – eine körperlich herausfordernde Situation, der meine Beinmuskulatur nicht allzu lange standhalten wird. Es klingelt nicht, sondern eine Frau schaut direkt beim Fenster gegenüber in mein Wohnzimmer herein. Sie hält die flache Hand als Dach über die Augenbrauen, um sich nicht in der Glasscheibe zu spiegeln, sie schwankt, ich glaube, sie ist klein und steht auf Zehenspitzen. Wir sehen uns direkt in die Augen, vor Schreck rutsche ich von der Sofakante auf den Boden. Ihr Kopf verschwindet, ich höre ein Lachen. »Sie ist sehr wohl zuhause, du Trottel!«

Die Stimmen entfernen sich, ich gehe ins Badezimmer und drehe die Dusche auf. Das Wasser ist zu heiß, ich gewöhne mich daran, es entspannt meine Muskeln. Ich lasse die Arme hängen und spreize die Finger, von jedem rinnt ein spitzer Wasserstrahl, ich sehe aus wie dieser haarige Superheld mit den Messerfingern. Das Shampoo riecht laut Werbetext auf der Flasche »beruhigend« nach Granatapfel, ich kann das beim besten Willen nicht verifizieren, hätte an besagter Frucht in der Vergangenheit weder Geruch noch blutdrucksenkende Eigenschaften bemerkt, mein Herzschlag ist nach wie vor stark erhöht von diesem unerwünschten Blickkontakt.

Eigentlich müsste ich mich schön langsam daran gewöhnen, es passiert regelmäßig, seit den ersten Vorfällen achte ich strikt auf meine Kleidung, wenn ich mich im Erdgeschoss aufhalte, meistens habe ich auch die Vorhänge zugezogen, aber wenn das Wetter unbeständig ist, stehe ich das mental nicht durch, da brauche ich dringend jeden Lichtstrahl, der durch die Wolkendecke bricht.

Ich schreie schon seit Längerem nicht mehr auf, wenn sich ein Kopf am Fenster zeigt, meinen Erfahrungswerten nach erschreckt mich das selbst mehr als die unverschämten Gaffer. Ein ausschließlich vom Überraschungsmoment animierter Schrei fühlt sich im Nachhinein an wie eine Lücke in meiner psychischen Stabilität, ich mag das nicht. Er fehlt mir, ich will ihn dann wieder zurückhaben.

Es war zwar verständlich, aber taktisch höchst unklug, die ersten Male sofort aus dem Haus zu rennen und die betreffenden Personen anzuschreien. Ich hätte lachen, mir gespielt ans Herz greifen und »Magst a Jausn?« hinausrufen sollen. Auf dem Land macht man das eben so, wenn einen etwas interessiert, dann geht man hin und schaut. Geradeheraus. Keine verlogenen höflich distanzierten Umgangsformen. Hier kommentiert man auch noch im Vorbeigehen die modische Aufmachung exaltierter Persönlichkeiten oder hormonverwirrter Teenager, zwar nur leise murmelnd, aber immerhin frei von der Leber weg. Ist doch nichts dabei.

Aber eine Frau, die, nur weil man etwas Interesse für die Wohnsituation zeigt, sofort die Nerven verliert und herumschreit, büßt schmerzlich an femininer Glaubwürdigkeit ein, man kann sie einerseits zwar nicht ernst nehmen, ist aber andererseits überraschend tief getroffen von der Bezeichnung »Mostschädl«, aus dieser Spannung kann nichts Gutes entstehen. Ich bin zum Freiwild erklärt worden, die verrückte Alte, die eigentlich noch gar nicht richtig alt ist, aber kein Wunder, dass der Mann – und so weiter.

Grenzen, ob von Menschen oder Grundstücken, sind seit jeher ein Problem in dieser Stadt, aber nach der Scheidung blieb mir nichts anderes übrig, als wieder hierherzuziehen, ich hatte nicht die Kraft, ein gemütlich aufbereitetes Nest zu verschmähen und an einem anderen Ort neu anzufangen. Ohne See, denn nie wieder wäre ich so nah an einen herangekommen. Der Mann kaufte das Grundstück damals widerwillig, diesen Glücksfall konnte er nicht ignorieren, weil ihm sicherlich bewusst war, dass ich nicht aufhören würde davon zu reden. Es war ihm zu klein und zu teuer, er war im Gegensatz zu mir nicht der Zeit voraus, hatte keinen Sinn für Minimalismus. Diese Zeit ist auch jetzt nur in den Städten angekommen, geboren aus der Platznot, nicht aus einem echten inneren Drang.

Hier in Liebstatt muss es immer noch groß sein, alle Häuser voll unterkellert, um auf dem Planeten auch wirklich einen tiefen Fußabdruck zu hinterlassen. Eventuell hätte ich keine Gartenhütte für das Brennholz kaufen sollen, sondern einfach mit dem Schwund leben, wahrscheinlich traut sich der Religionslehrer ohnehin nicht mehr in meine Nähe.

Ich weigere mich zu glauben, dass eine derart unangenehme Begegnung bei ihm keine Spuren hinterlassen haben könnte. Im Fasching ist er als Engel gegangen, zu den federbesetzten Flügeln trug er einen Haarreif mit Heiligenschein. Seine Handpuppe Felix, ein schwarzer Rabe, keine Ahnung, wie der im Unterricht in sein katholisches Narrativ passt, war ebenfalls als Engel verkleidet. Ich habe Fotos davon im Schaukasten vor der Schule gesehen, der Religionslehrer mit einer Hand im Hinterteil seines plüschigen Alter Egos, habe laut aufgelacht und dabei schmerzlich bedauert, dass die Absurdität dieser Person allen anderen nicht so tief zugänglich ist wie mir. Es war einer dieser Momente, die man hätte teilen müssen, um sie bis ins Letzte auszukosten, erleichternde Tränen zu lachen, die Stimme immer haarscharf am Überschlag, köstliche Luftprobleme, die Bauchmuskeln strapaziert. Mit dem Mann hätte das geklappt, ganz sicher. Aber die neue Frau hat ihm geholfen, würdevoll aus seiner ersten Ehe auszuscheiden, die beiden passen gut zusammen. Sie scheut ebenfalls den Konflikt, die andauernden Aufregungen mit mir haben ihm über die Jahre sichtbar zugesetzt, dieser Haarausfall konnte nicht rein genetisch bedingt gewesen sein, als ich ihn vor Kurzem in Salzburg traf, hatte er mehr Haare als früher, feinen Flaum, der an den Kanten seiner Geheimratsecken spross. »Gut schaust du aus«, sagte ich und meinte es nicht wirklich, ich finde Glatzen schöner als Flaum, er macht ein lächerliches Küken aus einem alternden Mann. Aber man sagt so etwas eben, vor allem, wenn die Wogen offiziell schon geglättet sind und einem immer wieder deutlich wird, wie sehr man von der Großzügigkeit des anderen abhängt. Tausche Versorgung gegen innere Balance, deswegen schreie ich auch Fremde in meinem Vorgarten vollkommen enthemmt an, irgendwo muss es ja wieder raus.

Mein finanzieller Status ist den Liebstättern nicht klar, darauf lege ich besonderen Wert und rede oft von selbstständiger Arbeit, die ich nie im Detail präzisieren muss, weil es ohnehin niemanden interessiert. Noch nie hat jemand nachgefragt, es geht ihnen allen rein um die sichtbaren Werte. Sie schauen meistens nur skeptisch, taxieren das Haus und schätzen seinen Wert, taxieren die jährliche Gestaltung des Gartens und schätzen ihren Wert, taxieren meine Kleidung und schätzen ihren Wert. Es kommt mir zugute, dass ich mir angewöhnt habe, unterschiedliche Signale auszusenden, das hält mir die Menschen fern und macht ein abschließendes Urteil über meine Person schwierig.

Im Supermarkt kaufe ich nur Sonderangebote, die Großmutter hat mir das beigebracht, ich erinnere mich noch immer an die Psychologie der Warenanordnung, die sie mir wieder und wieder erläuterte auf der Heimfahrt vom Konsum, bücke mich rückenschonend und strecke mich gut verwurzelt beim Einkaufen, immer alles auf Augenhöhe ignorierend, sie ist nichts weiter als eine kapitalistische Illusion, oder ich schleppe einfach nur Großpackungen an Milchschnitten kurz vor dem Verfallsdatum nachhause und ernähre mich tagelang recht nährstoffarm.

Im Kaffeehaus übernehme ich in regelmäßigen Abständen die Rechnung für alle Anwesenden, nur damit ich nicht in die Schublade »reich und geizig« gesteckt werde. Ich gebe dem Kellner Bescheid und verschwinde dann schnell, nichts wäre beschämender, als der Reaktion der Gäste beizuwohnen, auf dem Nachhauseweg pocht mein Herz wie nach einem einseitigen Liebesgeständnis. Einem Liebesgeständnis an das sperrige Liebstätter Volk, das nur möglich ist als kurzer Impuls, die Wut wühlt sich zügig wieder nach oben.

Meine Kleidung halte ich einfach, es ist viel zu naheliegend, sich textil zu profilieren. Erdtöne und solide, schweißabsorbierende Materialien haben sich in meiner Garderobe mit der Zeit durchgesetzt und um diese optische Eintönigkeit auszugleichen, lege ich viel Wert auf mein Haar, es soll glänzen und eine Vitalität versprechen, die ich nicht einlösen kann.

Den Umgang mit Reichtum habe ich mir von den Schweizern abgekupfert, ein wenig auch von den Norddeutschen, deren finanzielle Codes allesamt subtiler sind, die Handtaschen ohne Logo, der Kaschmirpullover im oversized Look, das Auto nur unter der Motorhaube und im Innenraum getuned. Der Connaisseur versteht, der Pöbel bleibt ruhig. Es ist widerwärtig, aber schont die Nerven. Understatement ist in den letzten Jahren wieder in Mode gekommen, man hat allgemein immer weniger Energie für die üblichen Klassenkonflikte. Lieber passt man sich an, sticht nicht heraus, biedert sich hinunter in die Mittelschicht. Ich spüre den Trend zur Camouflage von Reichtum recht deutlich.

Vor Kurzem habe ich mir eine Sendung angesehen, die ganz offensichtlich vom protzigen Millionärsleben ihrer heruntergewirtschafteten Protagonisten lebt. Ein Ehepaar, die Gesichter aufgeblasen von komplett entgleistem Einsatz der Filler, das angeschweißte Fremdhaar slawischer Abstammung streng onduliert bei ihr, die letzten verbliebenen Strähnen schwarz gefärbt und lang gewachsen bei ihm, insgesamt zwei traurige Erscheinungen, mit denen man Mitleid empfinden müsste, säßen sie desorientiert im Detleff-Wohnwagen wie alle anderen stillosen Deutschen auch und nicht verankert vor Capri auf einer spießig gestylten Luxusyacht mit Thermomix. Mein Interesse an dieser medialen Aufbereitung wurde erst richtig geweckt, als der Mann seiner Gattin ein spezielles Präsent überreichte. Diese unerwartete Geste hatte etwas Rührendes an sich, in den vergangenen paar Sendeminuten hatte er sich nicht gerade durch besondere Sensibilität hervorgetan, als er beispielsweise seiner an Deck mit elektrischer Muskelstimulation trainierenden Frau noch lachend einen Starkstromschlag herbeiwünschte. Zugegebenermaßen bin ich auch humorlos was latente Gewaltfantasien von Multimillionären angeht. Die Gattin nahm es jedenfalls geübt auf die leichte Schulter, umso herzlicher fiel die Freude über das Präsent aus, sie hatte es offenbar ebenso wenig erwartet wie der geneigte Zuschauer. Es bestand aus einem zapfenförmigen Platinanhänger an einer Kette, der sowohl an ein Monatshygieneprodukt als auch an

Patronenmunition erinnerte, innen jedoch hohl und außen mit einem kleinen Loch und der ambitionierten Gravur »Understatement« versehen war.

Erregt erklärte der Mann, dass dies Schmuck für Menschen sein sollte, bei denen Geld kein Thema mehr sei, das Loch diene nämlich dazu, kleine Brillanten in den Hohlkörper einzuwerfen und sie demnach unsichtbar an sich zu tragen, an den süßen Reichtum nur erinnert durch das stete Klappern der Edelsteine. Nach seinen Erläuterungen, denen sie vermutlich bewegt lauschte, mimisch nur zu erkennen an dem leicht geöffneten Mund, überreichte er seiner Frau abschließend zum Vortrag eine kleine Schachtel mit Brillanten, damit der Sammelspaß auf der Stelle beginnen konnte.

Sichtlich amüsiert versenkte sie einen Stein nach dem anderen in das Innere der Platinphiole, wie ein Kind sein Taschengeld im Plastiksparefroh vor dem Weltspartag. Alles in allem fand ich das erstrebte »Understatement« doch nicht so gelungen wie die beiden, ich wechselte den Sender, aber diese Szene verfolgte mich noch tagelang. Wohin entwickelte sich die Welt, wenn schon die mainstreamformende Dekadenz um eine derartige, naturgemäß fehlgeschlagene Mäßigung bemüht war? Ihre Gründe für das invisible Brillantentragevergnügen blieben zwar unsichtbar wie die Edelsteine selbst, aber irgendein findiger Marketingmensch hatte zuvor intuitiv einen lukrativen Markt für hochpreisige Zurückhaltung erspürt, das konnte einem durchaus Angst machen. Wenn die Reichen nicht mehr erkennbar sind, dann wird es gefährlich.

Ich hätte es von Anfang an bemerken müssen, als sich der Mann von mir entfernte, aber ich ging fälschlicherweise davon aus, dass bei einem derartigen Einzelgänger keinerlei erhöhte Wachsamkeit vonnöten war. Schließlich funktionierte diese Ehe fast zwei Jahrzehnte reibungslos, zumindest für mich. Wir waren ein in sich geschlossenes System und ich erinnere mich vage an die überheblichen Glücksgefühle, die dadurch in mir ausgelöst wurden.

Die Liebe ist zum größten Teil ein Produkt ihrer äußeren Umstände. Könnte man das uneitel akzeptieren, wäre vieles gewonnen, äußere Umstände haben nichts Mystisches an sich, im Gegenteil, sie sind relativ leicht beeinflussbare Variablen. Mit diesem Wissen könnte man sich beruhigt zurücklehnen und darauf vertrauen, dass man den Fortbestand der Beziehung ja ohnehin zum Großteil selbst in der Hand hat.

Mein Fehler war, an unsere Besonderheit zu glauben, gerade wenn es schwierig wurde, an die vermeintlich untrennbare Fusion unserer Stärken und auch Schwächen. Der Mann erschien mir als einsame Seele, ganz für mich allein, kein schlechter Zustand eigentlich, wenn auch etwas unorthodox in der äußeren Erscheinungsform unserer Ehe. Waren wir beispielsweise bei befreundeten Paaren zum Abendessen eingeladen, stand der Mann sofort nach dem Dessert auf, um der Dame des Hauses beim Abräumen behilflich zu sein, während ich dezent den Hosenbund lockerte, um Platz für einen Digestif zu schaffen. Einige Frauen missinterpretierten das als Annäherung an ihre uninteressanten Gatten, während selbige den Mann mit verächtlichen Blicken straften, wohl wissend, dass sie nach Abzug der Gäste noch zeitnah eine Predigt über die angemessene Mithilfe im Haushalt zu erwarten hatten. Nachdem mich der Mann verlassen hatte, machte ich mir nicht einmal in Tagträumen die Illusion, Ersatz für ihn zu finden, noch dazu, wo ich gefühlt nach wenigen Wochen rückstandsfrei aus unserem gemeinsamen Freundeskreis entfernt worden war.

In der ersten Zeit nach der Trennung besuchten mich die weiblichen Parts der befreundeten Paare noch regelmäßig, aus reinster, schlecht kaschierter Blutgier, sie wollten alle Details der Trennung erfahren, um sich selbst in emotionale Sicherheit zu bringen, es war die Hektik, die sie dabei verriet, die aufflammende Panik, wenn sie keinen für sie selbst plausiblen Trennungsgrund zu fassen kriegten.

Ein übliches Muster bei Schicksalsschlägen im Umfeld ist es ja, unbedingt den Grund herausfinden zu müssen, ihn zu simplifizieren und dann so weit wie möglich vom eigenen Leben abzusondern. Das Schicksal darf nicht aus dem Nichts zuschlagen, nein, es hat immer einen darunter liegenden Antrieb, einen konkreten Auslöser für seine vermeintliche Willkür, und dieser trifft ausschließlich die anderen, die Sorglosen, man selbst ist natürlich fähig, alle nötigen Codes zu entschlüsseln, Ursache und Wirkung gleichermaßen im Griff zu haben und sich präventiv vor jeglichem Unheil zu schützen, fest verbarrikadiert im eigenen mentalen Panic Room.

Leider habe ich es meinen weiblichen Bekannten nicht allzu bequem gemacht, bei jeder Einzelnen bin ich eine auf sie personalisierte Trennungsgeschichte losgeworden, aus Selbstschutz und zugegebenermaßen auch aus Vergnügen. Es wundert mich nicht, dass ich keine freundschaftlichen Beziehungen erhalten konnte, sehr bewusst habe ich mich mit ehezersetzenden Narrativen umgeben, die es für andere unbehaglich machten, weiterhin Zeit mit mir zu verbringen. Wer körperlich noch nie im Reinen mit sich gewesen war, verweigerte nach einer tränenreichen Erzählung über das schwindende Interesse des Mannes an meinem nicht mehr jugendlichen Körper, was in letzter Konsequenz eben zu seiner Neuorientierung führte, die ohnehin nur zögerliche Kuchenaufnahme komplett. Frauen trifft man am einfachsten über den Körper, es ist ärgerlich, wie wenig sich im Vergleich alles andere dazu eignet.

Im Zweifelsfall hatten der Mann und ich uns auseinandergelebt, das war herrlich vage und beunruhigte zusätzlich dadurch, dass viele nicht wussten, ob sie überhaupt jemals zusammengelebt hatten. Meiner verdienten Isolation wollte ich gar nicht entgehen, ich sah ihr gefasst entgegen, als die Einladungen in der Grillsaison ausblieben und auch jene zu runden Geburtstagen. Zum Zeitpunkt der Scheidung war ich bei Weitem noch nicht alt genug, um als unschädlich für bestehende Paarbeziehungen zu gelten.

Frisch angezogen und unangenehm hydriert, mit einer kleinen Menge Deo unter den Armen und nassen Haaren auf dem Kopf, sitze ich schon wieder auf dem Sofa, aber draußen ist alles ruhig, nichts weiter als der übliche Baustellenlärm von nebenan. Gerade klingt es, als würden sie Blechplatten auf Beton werfen, nur wegen der schönen Akustik, beinahe wie ein Bühnengewitter am Theater.

Ich bin auf eine nervtötend unpräzise Art hungrig, die ich nur auf einen generellen Nährstoffmangel zurückführen kann. In letzter Zeit ist es mir unmöglich, den Gusto genauer zu bestimmen, meistens sehne ich mich nach einer Frische, die meine Vorratshaltung nicht hergibt, es endet dann damit, dass ich eine Dose Pfirsiche esse und den Saft wegschütte, weil er die erwünschte Fruchtigkeit mit seinem obszönen

Zuckergehalt ad absurdum führt. Es ist kulinarischer Selbstbetrug und ich könnte mich selbstverständlich jeden Donnerstag auf dem Wochenmarkt mit Lebensmitteln eindecken, aber diese Veranstaltung ist mir eine der lästigsten, die Liebstatt zu bieten hat.

Die Frauen der Region schwärmen verlässlich aus mit ihren Einkaufskörben, früher geflochten aus Weidenzweigen, jetzt Scheußlichkeiten aus wetterfesten Stoffen, infantil bedruckt und mit Aluminiumhenkel. Sie nutzen die Vulnerabilität einer Hungrigen wie mir schamlos aus, indem sie entweder mit aufgezwungener Konversation meinen Einkaufsfluss lähmen oder mich auf eine Weise ignorieren, die ich nur als Affront auffassen kann. Sie drehen sich weg, stoßen mir ihre Einkaufskörbe in die Rippen und tun so, als hätten sie es nicht bemerkt. Ein hervorstehender Weidenzweig hat mir einmal die Bluse zerrissen, so gesehen sind die modernen Körbe um einiges besser, die schmerzen wenigstens nur in den Augen. Wenn ich von der zermürbenden zwischenmenschlichen Herausforderung absehe, dann bleibt in Bezug auf den Liebstätter Wochenmarkt immer noch das traurige kulinarische Resümee, jedes Mal wurde mir erst zuhause bewusst, dass ich an meinen Bedürfnissen vorbei eingekauft, egal wie gekonnt ich die Besorgungen im Vorhinein strukturiert hatte.

Es war wie ein Fluch, plötzlich befanden sich Spargel, Wildbrokkoli, Fisolen und Mangold in meinem Kühlschrank und ich musste mir ernsthaft die Frage stellen, ob ich rein nach Farbschema konsumiert hatte, während ich dem saftigen Grünland im Gemüsefach ratlos beim Verderben zuschaute. Mein Talent in der Küche ist überschaubar, es war der Mann, der mich mit Essen versorgt hatte, ein begnadeter Koch, der meine kulinarischen Ansprüche mit den Jahren ins Unermessliche steigerte, meine eigenen Fähigkeiten stagnierten bei der Zubereitung von Eiergerichten, eine fatale Diskrepanz, wie sich bei der Scheidung rasch herausstellte.

Ich entscheide mich für Makrele in scharf gewürztem Olivenöl, ein Klassiker der Eiweißversorgung und immer vorrätig in meiner gut sortierten Speisekammer. Ich ziehe an der Lasche der Dose, vorsichtig mit anschwellender Kraft, um ein eruptives Herausschießen des Olivenöls zu verhindern, ganz schafft man es nie, aber immerhin werden nur die Fingerspitzen ölig. Auf einen kleinen Teller lege ich ein Blatt befeuchtete Küchenrolle (als Rutschsicherung) und eine Kuchengabel, ich salze die bräunlichen Streifen Fisch mit der Mühle, das meiste geht daneben, und dann stelle ich mich mit dem Teller ans Fenster. Ich esse gern im Stehen, wenn ich dabei aus dem Fenster schauen kann, denn auf der Baustelle passieren immer wieder interessante Dinge. Außerdem flüstert mir meine wissenschaftliche Intuition regelmäßig zu, dass eine aufrechte Position während der Essensaufnahme nur von Vorteil bei der Verdauung sein kann.

Etwas Seltsames ist im Gange, im See schwimmt plötzlich ein Arbeitsponton mit einem Bagger darauf, der in enervierendem Schneckentempo angespitzte Holzpfähle in den Grund versenkt. Einer der Bauarbeiter richtet die Pfähle so aus, dass der Bagger sie rechtwinkelig von oben greifen kann, aber offenbar existieren ein paar Kommunikationsschwierigkeiten, der Baggerfahrer brüllt etwas mir Unverständliches und fuchtelt mit den Armen. Die Feinjustierung des Pfahls beginnt wieder von vorne, der Bauarbeiter sieht unglücklich aus, fast habe ich Mitleid.

Das Arbeitsponton muss gerade eben erst ins Wasser gelassen worden sein, wahrscheinlich während ich geduscht habe, am Morgen beim Schwimmen waren keine diesbezüglichen Vorbereitungen zu bemerken, gar nichts. Es schwimmt zur Hälfte auf meiner Seite, direkt meinem Seeufer vorgelagert, man hätte mich wirklich fragen oder irgendwie verständigen können, finde ich, das kann doch wirklich nicht zu viel verlangt sein. Keine Ahnung, ob das überhaupt erlaubt ist ohne Genehmigung. Ich zähle weitere sechzehn Pfähle und weiß nichts mit dieser Information anzufangen, auch eine Internetrecherche über Stegbau bringt kein aufschlussreiches Ergebnis, ich habe jedoch das starke Gefühl, sie könnten ebenfalls in meinen Bereich hineingesetzt werden, offenbar ist ein Badesteg für die zukünftigen Hotelgäste geplant oder, es durchfährt mich wie ein Blitz, viel schlimmer noch, ein Bootsanlegesteg. Plötzlich höre ich Motorenlärm und Musik aus tragbaren Boxen, sehe elegante kleine Motorboote mit dem Logo der Hotelanlage auf dem Heck und Teakholzboden an Deck, täglich im Akkord unterwegs, voll beladen mit dem wohlhabenden Gästeklientel aus China, Russland oder Deutschland.

An meinen eiskalten Fingern bemerke ich, dass mich die heutigen Bauarbeiten weit über Gebühr aufregen, mein Körper stellt immer die Durchblutung in den äußeren Extremitäten ein, wenn sich ein Gefühlssturm ankündigt. Ich knalle den Teller mit der leeren Fischkonserve auf den Couchtisch, die Ölreste schwappen über, es ist mir egal, dass sie einen Ölrand hinterlassen, Ölränder sind jetzt wirklich ein untergeordnetes Problem, ich muss hinaus, hinter der scheußlichen

Gartenhütte kann man mich nicht sehen und ich bin nahe genug am Ufer, um eventuell die Gespräche der Bauarbeiter zu verstehen und die Größendimension der Steganlage besser zu überblicken. Ich nehme den Korb für das Brennholz mit, zur Sicherheit, damit ich bei unerwünschter Entdeckung so tun kann, als hätte meine Anwesenheit einen praktischen Grund.

Leider habe ich mich nicht getäuscht, die schon im Seegrund versenkten Pfähle ragen tatsächlich ein gutes Stück hinein in meinen Uferbereich, das ist mit bloßem Auge erkennbar. Ich muss aufstoßen und finde den Fischgeschmack in meinem Mund auf eine paradoxe Art zur Gesamtsituation passend, aber meine Wut steigt trotzdem, ich möchte jemanden anschreien, möchte jemanden auf den Bauleiter hetzen, der ihm wirklich Angst einjagt, eine Armee von Topanwälten in dunkelblauen Maßanzügen, die sich mit einstweiligen Verfügungen elegant Frischluft zuwedeln, ich möchte die Polizei rufen und einen sofortigen Baustopp erwirken, aber alles, wozu ich in meinem Erregungszustand fähig bin, ist, unkontrolliert fischige Geruchswolken abzusondern.

Meine Lächerlichkeit ist nicht zu übersehen, ich bin nur eine cholerische Frau in rot-weiß-rot gestreiften Gummistiefeln und wenn ich jetzt einfach losbrülle, dann ist die Chance größer, dass ich in der psychiatrischen Abteilung des Landeskrankenhauses lande, als dass die Bauarbeiten sofort ein Ende finden. Ich habe Rumpelstilzchen nie für besonders klug gehalten, persönlich hätte ich es tunlichst vermieden, meinen Namen in infantiler Manier am Lagerfeuer laut hinauszuposaunen, wenn so viel davon abhängt wie meine zukünftige Elternschaft (ich hoffe inständig, Rumpelstilzchen wollte das Kind der Königin, um es liebevoll großzuziehen), aber in diesem Moment spüre ich genau, wie es überhaupt erst möglich sein kann, dass eine emotionale Basis dafür geschaffen wird, warm und bedrohlich, tief in den Eingeweiden, sich selbst die Gliedmaßen auszureißen vor lauter Wut.

Ich stelle den Korb zu Boden und lehne mich mit dem Rücken an die Tür des Gartenschuppens, will gar nicht mehr hinsehen. Mein See, mein schöner, lieber See. Bald täglich durchpflügt von den künstlich erzeugten Bedürfnissen der Touristen. Den meisten ist er doch ohnehin zu kalt, aber sie können trotzdem nicht von ihm lassen. Motorenlärm statt Hechtangriff heißt es wohl in naher Zukunft, ich würde gerade viel für das Zweite geben, wenigstens für die Option darauf. Ich kann nicht anders, als hinüberzusehen, zu diesem hässlichen Rohbau, der eine Wunde gerissen hat in die Landschaft, eine Wunde, die jetzt zu allem Überfluss auch noch in den See hineineitert. Die grauen Betonwände wirken heute besonders bedrohlich, hart und düster werden sie vom nur leicht helleren Himmel in Szene gesetzt. Man kommt nicht an gegen Beton, Beton ist für die Ewigkeit, ein Vermächtnis aus Menschenhand. Die Liebstätter hatten schon immer eine beinahe libidinöse Beziehung zu diesem Baustoff, in der regionalen Fernsehwerbung werden Betonwände sogar um eine Spur liebevoller gestreichelt als die Wange der gütigen Mutti zum Muttertag, ich hätte es nicht geglaubt, hätte ich es nicht mit eigenen Augen gesehen.

Der Hotelkomplex ist schon weit fortgeschritten, es ist eigentlich alles schnell gegangen, monatelang wurde ich morgens vom Baulärm wach, mein Unterbewusstsein hat schnell gelernt, Pressluftgehämmere auf einigermaßen attraktive Art in meine Träume einzuarbeiten, beispielsweise als mächtigen Münzstrahl, der tosend in einen leeren Geldspeicher strömt, oder als ein nonkonformistisches Benefizkonzert der Wiener Philharmoniker.

Letzte Woche wurde der erste Teil der Holztüren für das Hauptgebäude geliefert, was ich mit einem gewissen Unmut anhand der Verpackungsreste bemerken musste, die zahlreich in meinen Garten geweht wurden, zumindest wäre das die offizielle Erklärung gewesen, hätte ich mich bei der Bauleitung darüber beschwert, aber das mache ich natürlich schon lange nicht mehr. Ich habe sie einfach nur wortlos eingesammelt, einen Plastikfetzen nach dem anderen, die hartnäckigen Styroporteile musste ich mühevoll in einen extra Sack stopfen, denn sie waren allesamt elektrisch geladen und klebten mir an den Hosenbeinen, als würden sie um ein Bleiberecht in meiner Nähe flehen. Das Ganze habe ich dann mit einem Paketband verschnürt und in der darauffolgenden Nacht, wie eine Verbrecherin, wieder so weit über den Zaun hinüber zur Baustelle geworfen, wie ich konnte. Insgesamt eher ein symbolischer Akt denn ein erfolgreiches Kräftemessen, diese Baustelle hatte mich schon in den Wochen zuvor kontinuierlich geschwächt, ja ausgelaugt.

Auch auf die Lichtveränderungen in meinen Wohnräumen reagierte ich hoch empfindlich. Ich bildete mir ein, dass es proportional zum Wachstum des Rohbaus beispielsweise im Eingangsbereich und in der Küche immer dunkler wurde. Ohne Licht anzuschalten, war es mir bald unmöglich, farblich passende Accessoires zu meinem Mantel auszuwählen, dunkelblau und schwarz konnte ich mit freiem Auge nicht mehr unterscheiden in dieser andauernden Morgendämmerung.

In der Küche empfand ich die veränderten Verhältnisse als besonders störend, die Aufschriften meiner verschiedenen Teebeutel waren im plötzlich ganztags vorherrschenden Halbdunkel nicht zu entziffern.

Ein anderes Mal saß ich frühmorgens am Küchentisch, vertieft in die Tagesberichterstattung auf meinem Tablet und eine besonders geräumige Tasse bis oben vollgefüllt mit Verdauungstee in der Hand, ich glaubte eine in regelmäßigen Abständen aufkommende Trägheit meiner Darmschlingen zu erspüren. Der aus dem Nichts, ohne Steigerung einsetzende Höllenlärm vom Baugrund provozierte meinen Körper zu einer Schüttelreaktion, die ich auch nicht abzustellen vermochte, als ich die Geräuschquelle schon längst intuitiv richtig als Presslufthammer identifiziert hatte. Mein Körper reagierte auf verstörende Weise nach, wie ein Auto, das trotz abgestelltem Motor noch weiterrollt. Der Tee landete nicht nur auf meiner Hose, schmerzhaft genug, er ruinierte auch das Tablet. Ich ließ es nicht reparieren, sondern griff wieder auf Printausgaben zurück, die waren, sollte sich dieses demütigende Szenario wiederholen, wenigstens saugstark.

Auch die Lieferungen für diverse Baumaterialien wurden allesamt absichtlich, wie mir bald bewusst wurde, direkt vor meiner Einfahrt ausgeladen. Meiner Meinung nach hätte man problemlos weiter zufahren können zur Baustelle, eine Meinung, die sogar die Arbeiter teilten. Ich hörte ihr Geschrei in einer Lautstärke, die regelmäßig die Illusion erweckte, sie wären in meiner Küche zu Gange, und ich konnte nicht umhin, alles im Detail zu verstehen.

»Warum fahren wir nicht weiter rein? Das ist doch fetzendeppert, das ganze Geschleppe!«, schrie ein Pragmatiker einmal vor meinem Fenster und ich nickte bekräftigend, rastlos auf dem Sofa sitzend, den Ton einer deutschen Telenovela stumm geschaltet, zu peinlich war mir dieser Zeitvertreib.

»Anordnung der Gemeinde! Liefertätigkeiten nur über befestigte Wege«, antwortete der Verantwortliche des Liebstätter Dämmwollelieferanten. Es gab kein Entkommen, ganz offiziell, jede Auflehnung meinerseits wäre sinnlos verpufft, nein, sie hätte mich sogar geschwächt und nur deswegen übte ich mich ausnahmsweise in elegantem Gleichmut, servierte den beiden dankbaren Herren eine Kanne selbst gemachten Eistee mit Zitronenverbene aus dem Garten, obwohl sie höchstwahrscheinlich lieber Bier gehabt hätten, und lobte sie für ihre körperliche Ausdauer, besonders bei dieser Hitze. Besagter Gleichmut war nicht einmal dadurch zu erschüttern, dass ich in dem Blick des Dämmwolleverantwortlichen deutlich eine Mischung aus Mitleid und schlechtem Gewissen zu erkennen glaubte. Ein schlauer Mann, er wusste offenbar genau, dass es bei dieser Anordnung nicht ausschließlich um den potenziellen Schutz der Wiesenflora gehen konnte.

Die Gartenhütte wackelt leicht, ich bin wohl momentan zu anlehnungsbedürftig, dafür ist sie nicht ausgerichtet, eine Gartenhütte bleibt normalerweise gänzlich verschont von den emotionalen Bedürfnissen ihrer Besitzer, also setze ich mich auf meine Unterschenkel und verlagere das Gewicht nach vorne. Der Brennholzkorb ist immer noch leer, am besten wäre es, den Ärger in einer körperlichen Tätigkeit auszuleiten, kontrolliert und produktiv, ich drehe die Zahlenräder am Türschloss in die richtige Reihenfolge, die Kombination ist einfach – sechs, sechs, sechs –, sie soll ja nur den Religionslehrer von meinem Eigentum fernhalten.

Sonst trage ich Handschuhe, wenn ich Holz schlichte, zu schmerzhaft ist es, wenn man sich dabei Splitter einzieht, aber jetzt nehme ich sie in Kauf, mein heißes Blut würde sie ohnehin sofort auflösen und abtransportieren. Der Korb ist schnell voll, ich musste ihn schließlich danach auswählen, wie viel Gewicht ich überhaupt tragen kann, zu mehr als eineinhalb Ofenfüllungen reicht meine Armmuskulatur nicht aus. Neben dem Rasenmäher stehen zwei kleinere Benzinkanister, auch die musste ich einzeln besorgen, weil ich einen großen nicht schleppen konnte.

Ich mähe den Rasen selten, einerseits hasse ich den Lärm, andererseits erinnert mich das Anlassen des Geräts auf unwillkommene Weise an meine vergangenen Tage als Mopedfahrerin. Ich reiße immer mutloser an dem Seil, bevor ich bemerke, dass dringend Benzin nachgefüllt werden muss. Diese Arbeit bedarf insgesamt so vieler verschiedenartiger Überwindungen bei gleichzeitiger Aussichtslosigkeit, den gut erzogenen Staatsprofiteur erkennt man am manisch getrimmten Zustand seines Rasens, das steht fest. Wenn ich mich doch in letzter Sekunde überwinde, noch bevor mir die bösartigen Nachbarn jemanden vom Gemeindeamt vorbeischicken, schwitze ich vor lauter Angst, mir selbst ein Körperteil abzumähen, es nutzt auch nichts, dass sie unbegründet ist, da ich stahlkappenverstärktes Schuhwerk trage und die Gerätschaft wirklich vorsichtig navigiere, meine Fantasie verselbstständigt sich unaufhaltbar, statt realen Grashalmen spritzt dann imaginiertes Blut in einer hohen Fontäne aus dem Hinterteil des Mähers. Ich bin immer froh, wenn diese Tortur unbeschadet überstanden ist, den Grasschnitt lasse ich liegen und quäle mich die nächsten Tage mit einem Allergieschub, eine Strafe für meine widerborstige Existenz im Allgemeinen, die ich bewusst ohne medikamentöse Intervention erdulde. Wenn man über vierzig Mal hintereinander niesen muss, erspart das jede weitere sportliche Betätigung.

Immerhin reagiere ich heute nicht auf die Flora, mein Immunsystem scheint unter Schock zu stehen, offenbar verzögern sich die Reaktionen, ich sollte besser wieder hineingehen, bevor ich hier einen Niesanfall bekomme und das Brennholz unnötig befeuchte. Im Haus stelle ich den Korb ab, das Holz kümmert mich plötzlich nicht mehr, es ist nutzlos geworden, mich zieht es sofort wieder ans Fenster, ein unerträglicher Zustand eigentlich.

Die Arbeiten im See nehmen weiter Gestalt an, ich kneife die Augen zu Schlitzen zusammen, damit der Weichzeichner die Situation erträglicher macht, die Eindeutigkeit der Situation verschwimmt.

Die Steganlage wird riesig, der Bagger drückt die Pfähle mittlerweile mit einem neuen Arbeitsaufsatz, einem Stahlzylinder, derart fest in den Seegrund, dass es ihn selbst dabei leicht anhebt auf dem Ponton. Ungefährlich ist dieses Vorgehen nicht, es sieht wackelig aus, aber der Baggerführer lacht und schreit irgendetwas zu seinen Kollegen am Ufer, die ihm grölend den Mittelfinger zeigen. Ich muss diese Situation nicht im Wortlaut verstehen, reine Mutmaßung ist wie so oft völlig ausreichend, das durchschnittliche männliche Gemüt nicht schwer zu dechiffrieren. Ich nehme an, es ging darum, wer was wo mit wie viel Kraft hineinstecken kann, formidabler Baustellenhumor eben. Die durchgehende körperliche Arbeit, das Hantieren mit schweren Geräten, ich kann gut verstehen, dass man da bei jeder sich bietenden Gelegenheit in humoriger Wut eine simple Brücke zum Kern der menschlichen Natur schlagen muss.

Die alten Bauarbeiter sind am Schlimmsten, was ich da schon alles mitanhören musste, hat meinen Wortschatz passiv erweitert, geschützt auf der Terrasse oder in meinen eigenen vier Wänden ist mir das Blut ins Gesicht geschossen, ihre Stimmen sind berufsbedingt darauf trainiert, Mauerwerk zu durchdringen. Diese Wut kommt laut aus den Bäuchen, die prallen, kugelartigen stechen in der Härte der Aussagen am meisten hervor, ich habe alles dokumentiert, wollte selbst wissen, ob ich meinen intuitiven Vorurteilen eine kleine Empirie entgegensetzen kann. Die Männer wissen genau um ihre Erscheinung, nennen den Bauch »Gössermuskel« oder »Backhendlfriedhof«, wenn sie in Interaktion mit ihren jüngeren Kollegen treten.

Ich halte mich von ihnen lieber fern, es existiert keine Art der Kommunikation, die zwischen uns funktionieren würde, alles Gesagte verbliebe beidseitig unbefriedigend. Was ich jedoch an ihnen zu schätzen weiß, ist, dass sie keinen Handgriff mehr erledigen als nötig, ihnen dieses Bauprojekt augenscheinlich überhaupt nichts bedeutet. Sie sehen ihre Arbeit mit einem pragmatischen Blick, das kann ich spüren.

Jeden Abend lassen sie den Müll des vergangenen Arbeitstages achtlos zurück, hin und wieder räumen die Jungen auf, meistens jedoch nicht. Im zukünftigen halb überdachten Terrassenbereich der Hotelanlage hat sich im Laufe der vergangenen Wochen so viel angesammelt, dass es aussieht, als würde eine Gruppe Obdachloser auf der Baustelle hausen. Es bedarf nur einer kurzen Müllanalyse, um die Ernährungsgewohnheiten der Arbeiter zu entschlüsseln, nicht weiter erstaunlich, der Fokus liegt eindeutig auf Fleischlaiberl und Leberkäse, nur einer tanzt aus der Reihe und scheint eine ausgeprägte Vorliebe für Orangenkekse einer bestimmten Marke zu haben, den unzähligen blauen Kartons nach zu schließen. Ich weiß das, weil ich manchmal nachts nicht einschlafen kann.

Heute werde ich wohl überhaupt nicht schlafen und weil dieser Tag getrost als verdorben bezeichnet werden kann, mache ich mich spontan auf den Weg ins Altersheim, obwohl es eigentlich noch zu früh dazu ist. Aus dem morgendlichen Grau hat sich mittlerweile eine passable Wetterlage herausgeschält, schwacher, von Wolkenbändern unterbrochener Sonnenschein, nicht aggressiv in der Strahlung, eigentlich eine aussterbende Witterung.

Die Straße zum Altersheim wurde mehrfach ausgebessert, gefleckt in unterschiedlichen Asphaltschattierungen von hellgrau bis schwarz, man hat die Reparaturen vor Längerem zur Gänze eingestellt, in einem Schlagloch sammelt sich so tief Regenwasser, dass es eine langandauernde Hitzewelle bräuchte, um den entstandenen Tümpel wieder auszutrocknen. Die Einheimischen umfahren ihn routiniert, er hat schon manche Radaufhängung nachhaltig geschädigt, auch die Felgen überstehen ein beherztes Durchqueren meist nicht, früher lagen des Öfteren kleine Plastikteile rundherum verteilt, ich habe regelmäßig welche aufgehoben und in den Müll geworfen.

Ich liebe das Schlagloch, bald werden wieder die Frösche hineinlaichen und in den folgenden Wochen kann ich mit etwas Glück Kaulquappen beobachten, wenn es nicht zu viele Touristen übersehen. Kaulquappen sind überraschend robust, selbst wenn jemand hineinfährt in das Loch, heißt das nicht, dass danach jedes Leben darin ausgelöscht ist. Es erstaunt mich jedes Mal, unter welch unwirtlichen Bedingungen eine Population überleben kann, die Mutter legt ihre Eier in dieses Brackwasser, weiß der Teufel, was sie in dieser Umgebung, die voll ist mit einladenden Gewässern und herrlichsten Naturlandschaften, reitet, aber nicht genug damit, es fahren auch noch regelmäßig Ortsunkundige mitten durch diese erbärmliche Fortpflanzungslandschaft. Dann spritzt das Wasser links und rechts hinaus und mit dem Wasser auch ein Teil des Laichs, der innerhalb kürzester Zeit auf dem Asphalt vertrocknet, völlig aussichtslos, lauter verhinderte Froschleben. Und doch überleben immer wieder ein paar Eier, versteckt unter Steinen, gesammelt in kleinen Auskerbungen, werden allen Widrigkeiten zum Trotz zu Kaulquappen, entwickeln durchsichtige Beine und schwimmen so schnell durch das Schlagloch, dass ich wider besseres Wissen gewillt bin, ihnen Panik zu unterstellen. Ich persönlich könnte an ihrer Stelle meine Hysterie nicht bremsen, gefangen in einem derartigen Wettlauf zwischen dem zügigen Wachstum meiner Beine und der Entscheidung irgendwelcher Wiener, heute doch die Abkürzung zum See zu nehmen, von der der Wirt gestern Abend gesprochen hatte. Unzählig viele Möglichkeiten zu sterben, immer, überall, nicht nur für Jungfrösche.

Die Großmutter hat mich nicht erwartet und freut sich auch überhaupt nicht über den Besuch, gerade hat man ihr ein Stück Kuchen serviert und Kaffee dazu. »Das ist ein Reindling, den magst du eh nicht«, sagt sie, mit jeder Faser ihres verfallenden Körpers unwillig zu teilen.

Mir imponiert das und außerdem hat sie recht, ich hege eine tiefe Abneigung gegen freudlose und staubtrockene Backwaren wie Reindling, Streuselkuchen und Zelten aller Art, diese Klimakteriumsbackwaren schwellen in ihrer Penetranz richtiggehend an im Mundraum, man muss sich konzentrieren, um daran nicht zu ersticken. Eine kulinarische Belohnung in einem Stück Mohnkuchen zu sehen, das vermag wohl nur eine evangelische Pastorin, ansonsten sollte das Menschengeschlecht doch eindeutig weniger masochistisch programmiert sein. Ich selbst liebe alles Cremige, mit viel Schlagobers, ausgewogene Mischungen aus schokoladigen und fruchtigen Komponenten, eine gute Schwarzwälder Kirschtorte hätte ich der Großmutter einfach entrissen, meine Gier notdürftig getarnt als Sorge um ihre Gallenfunktion, die Torte wäre mit vier Happen verschwunden gewesen, noch bevor die Pflegerin, von der erbosten Großmutter mit dem Notfallknopf herbeigerufen, hätte einschreiten können.

Ich nehme den Zahnputzbecher aus dem Badezimmer und schenke mir ohne zu fragen von dem Kaffee ein, der die Bezeichnung kaum verdient, aber zugegebenermaßen die Magenschleimhäute schont. Die Zahnpastareste werten ihn geschmacklich sogar auf, der Hauch Minzfrische bringt Pep in das schwache Gebräu.

Es beruhigt mich, etwas in der Hand zu halten und hin und wieder daran zu nippen, ein Minimum an sozialer Konvention, während die Großmutter wiederholt daran scheitert, das zähe Kuchenstück mit der Gabel zu zerteilen. Entnervt reißt sie es mit den Fingern in Stücke und taucht diese in den Kaffee, ich befürchte, das Personal muss heute Abend ihr Bett neu beziehen.

Zum Nachthemd trägt sie an diesem Tag ihre geliebte Perlenkette, der lautlos gestellte Fernseher zeigt eine ausufernde Schmuckpräsentation auf dem Homeshoppingkanal, ich habe das unangenehme Gefühl, sie hier bei einem lieb gewonnenen Ritual zu stören. »Wir können den Ton gern anmachen, das sieht doch interessant aus«, sage ich und sie nickt erfreut.

Der Moderator Sascha telefoniert gerade mit einem Herrn, sie sprechen über einen Ring mit einem eingefassten Halbedelstein. Sascha versucht erfolglos seine Belustigung zu verbergen, als der Anrufer zu erkennen gibt, diesen Ring selbst zu tragen, da er sich ja auch für Herren eigne. Die Großmutter schüttelt den Kopf, das geht ihr dann doch zu weit. Sascha sei ihr Liebling, erklärt sie mir, immer fröhlich und positiv. Ich vermag seine wahren Gefühle unter der dicken Schicht orangestichigem Make-up nicht genau zu entschlüsseln, ordne seine emotionalen Aufwallungen jedoch eher unter substanzbasiert ein.

Immerhin kann ich verhindern, dass die Großmutter Ohrstecker aus Chromdiopsid bestellt, ich muss mehrfach wiederholen, dass sie überhaupt keine Ohrlöcher besitzt, bevor dieses Argument überhaupt zu ihr durchdringt. Diese Sendung funktioniert wie Gehirnwäsche, ich bin erstaunt, welche Bedürfnisse in mir selbst schwelen, bevor ich gehe, nehme ich der Großmutter noch die Perlenkette ab, um sie sicher in der Schmuckschatulle im Kasten zu verstauen. Man weiß ja nie. Mir fällt auf, dass ich die Kette zum ersten Mal in Händen halte, sie ist erstaunlich schwer, so schwer, dass mir Zweifel kommen ob ihrer Echtheit.

Das Gewicht erinnert eher an Blei als an Süßwasserperlen, ich bin keine Expertin, vermute aber, dass die Großmutter damals beim Kauf über den Tisch gezogen wurde.

Sie tut mir leid in ihrem Nachthemd, mitten am Tag, wie sie im Bett sitzt und mich schon wieder vergessen hat, weil die nächste Stunde im Verkaufsfernsehen einer älteren Dame gewidmet ist, die Haarsprays aller Art an zwei Modellen ausprobiert und dabei dermaßen grob mit der Bürste arbeitet, dass einem der Modelle gut sichtbar Tränen in die Augen schießen. Es lächelt trotzdem tapfer, ich nehme mir diese Attitüde zum Vorbild, küsse die Großmutter auf die Wange und ziehe die Tür leise hinter mir zu.

Meine innere Unruhe hat sich nach diesem Besuch nicht verflüchtigt und so treibt es mich zuhause sofort wieder hinaus in den Garten, wo ich erleichtert feststelle, dass die Bauarbeiten für heute zu Ende sind. Der Bagger ist vom Ponton verschwunden, vom massiven Gewicht befreit lässt es sich von jeder kleinen Welle durchschütteln. Einige Pfähle stecken im Gegensatz dazu unbeweglich im Uferbereich, ein gemeines Labyrinth für jeden Schwimmer, eine schmerzhafte Fleischwunde für den See selbst. Sogar die Schwäne halten sich fern, umschwimmen die Baustelle in einem weiten Bogen, die Flügel kranzförmig aufgeplustert in Abwehrhaltung. Instinktiv scheinen sie zu ahnen, dass hier bedrohliche Vorgänge stattfinden, aber auch der ihnen angeborene Kampfgeist, den ich normalerweise fürchte, wird hier nicht helfen.

Das Tageslicht schwindet auf jene subtile Art, die einen zuerst an eine Sehstörung denken lässt, mich täuscht die milchige Luft schon lange nicht mehr, ich gehe nah heran ans Wasser, gerade so, dass die Schuhe nicht nass werden von den Wellenausläufern, der See ist einigermaßen ruhig und in seinen Bewegungen berechenbar, die kleinen Wogen streifen das Ufer in sanfter Regelmäßigkeit immer bis an den exakt selben Punkt und ziehen sich dann wieder zurück.

Obwohl ein leichter Wind weht, wird mir warm, mit feuchten Augen starre ich auf die Wasseroberfläche, blinzle und ziehe die Mundwinkel leicht nach oben, es soll ein Lächeln darstellen und gerät doch etwas schwindsüchtig, aber ich will die Natur nicht mit meiner wahren Gemütslage belästigen, dazu liebe ich diesen See viel zu sehr. Er ist ausnahmslos für mich da, schon immer.

Wenn ich mich irgendwo am Ufer auf einen Steg setze und die Füße ins Wasser hänge, dann reicht das aus, um meine Muskeln weich werden zu lassen. Er schafft es als Einziger, mich zu beruhigen. Ich liebe es auch, im Wasser zu treiben, Trinkwasserqualität, das muss man sich einmal vorstellen, welch immenser Luxus, dabei in den Himmel zu starren, schwerelos die Blautöne abzugleichen, eingesäumt von kalten, harten Bergen, deren Existenz ich zu tolerieren gelernt habe, selbst wenn ich keinerlei Besteigungsambitionen verspüre. Meine Libido ist zu schwach ausgeprägt, um Gipfel »zu bezwingen«, ich bezwinge nichts, wenn ich im seichten Wasser schwebend die großen von den Ausflugsschiffen verursachten Wellen über mich schwappen lasse, eine kleine Störung, die ich entspannt hinnehmen kann.

Mehrmals überquerte ich den See auch, um herauszufinden, ob es einen Punkt gibt, an dem ich ihn wirklich fürchte, bei Schlechtwetter ist er ohnehin zu meiden. Ich wollte nichts erzwingen, mich nach den jeweiligen Gegebenheiten richten, auch unter Wasser habe ich mich nie wohlgefühlt, mochte die Wasseroberfläche nicht zu weit entfernt wissen.

Bei den Überquerungen trug ich Schwimmbrillen mit gelb getönten Gläsern, die Farbe stimmte mich fröhlich und milderte auch den Schrecken der Begegnung mit diversen Seebewohnern, ich buckelte dann nur kurz vor Schock im Wasser, atmete kräftig aus und fokussierte darauf, ruhig weiter zu schwimmen und das Gesehene so rasch wie möglich zu vergessen. Mein liebster Moment war, wenn ich bemerkte, dass ich von beiden Ufern ungefähr gleich weit entfernt war, das eiskalte Wasser immer höher heraufquoll vom Seegrund und mich zwang, eine schöne flache Wasserlage einzuhalten und nicht mit den Beinen hinunterzusinken in die herzmuskelstrapazierende Kälte, unachtsam, weil die Gedanken abschweiften. Eine dicke Schicht Vaseline hielt mich einigermaßen warm, im Neoprenanzug schwimmen mochte ich nicht. Jedes Mal hielt ich kurz inne in der Mitte des Sees, konzentrierte mich und entschied mich gegen die aufsteigende Panik und für das Ignorieren der offensichtlichen Aussichtslosigkeit, sollte eine Muskelgruppe beschließen zu krampfen. Ich trank kleine Schlucke, das Wasser schmeckte meistens leicht metallisch, selten nach gar nichts, aber immer gut. Angenehm an der frischen Wassertemperatur war, dass es sich härter anfühlte, was ich viel lieber mochte als das weich gechlorte Wasser der Schwimmbecken, das den Körper mit viel weniger Gegendruck umspülte. Der Gedanke, festzustecken mitten in einem See, hatte auch etwas Beruhigendes. Dieser Druck gab mir Halt, nahm meinen Gefäßwänden Arbeit ab, an Land hatte ich oft das Gefühl auseinanderzufließen, ein statisches Fehlkonstrukt zu sein.

Ich war immer überraschend schnell, am anderen Ufer wartete dann der Mann mit meinen Sachen, hochnervös, sogar mit Fernglas ausgestattet und gleich zur Hand mit einem isotonischen Getränk. Ich schwamm so weit an das Ufer heran, dass es zwar lächerlich anmutete, wenn ich mich erhob und nur mehr bis zu den Knien im Wasser stand, aber garantiert noch lächerlicher hätte es ausgesehen, wenn ich mich ab Brusthöhe zu Fuß herausgekämpft hätte, mit unzuverlässigen Gummibeinen und schlotternd vor Kälte.

Als Jugendliche überquerte ich den See einmal sogar im Rahmen eines offiziellen Schwimmwettbewerbs, mein Trainer hatte mich ungefragt angemeldet, eine schreckliche Erfahrung, die mich meine Mitgliedschaft im Verein überdenken ließ. Direkt nach dem Startschuss wurde ich von der ortsansässigen Stammtischrunde im angeblich besten Alter einfach überschwommen, der Stadtarchitekt drückte mich nach unten, gegen seinen schwammigen Bauch war kein Ankommen, also schrammte ich mir die Hüfte an einem Stein blutig, der Steuerberater stieß sein Knie in meine Schulter, haarscharf an der Schwimmbrille und einer augenblicklichen Erblindung vorbei. Der Bäcker-/Tennisverbandobmann hechelte laut hinter mir und drängelte dermaßen, dass er bei jedem zweiten Schwimmzug mit den Fingerspitzen an meine Zehen stieß, bis ich ihn endlich vorbeischwimmen ließ, erfüllt von der warmen Wut junger Mädchen, die sich künstlich zurücknehmen sollten in jeder Art von Wettbewerb.

Der Bäcker-/Tennisverbandobmann musste jedoch im Gegensatz zu den anderen eine unangemessen hohe Strafe für seinen Ehrgeiz bezahlen, ungefähr nach der Hälfte der Strecke raste ein Begleitboot an mir vorbei, die Leute darauf schrien unverständlich und wedelten mit den Armen, ich weiß noch, dass ich darüber nachdachte, wie ineffizient doch ein Anfeuern der Teilnehmer bei einer Langstrecke wie dieser war, erst später erfuhr ich, dass der Bäcker-/Tennisverbandobmann einen Herzinfarkt erlitten hatte, dem er bedauerlicherweise zwei Tage später final erlag. Nach dieser Tragödie wurde eine Wassertemperaturuntergrenze für den Wettbewerb festgelegt, was zur Folge hatte, dass er im Durchschnitt nur mehr jedes dritte Jahr überhaupt stattfand.

Ich gewann überraschend einen Preis und erhielt bei der durch den Rettungseinsatz emotional stark gedämpften Siegerehrung einen formschönen Keramikpokal, in dem ich Büroklammern und interessante Münzen aus dem Ausland lagerte, bis er mir eines Tages aus der Hand rutschte und zerbrach. Übrig blieb von dieser Erfahrung nur der diffuse Hass auf die sportlichen Ambitionen mittelalter Männer.

Mittlerweile ist mir heiß geworden, der laue Windhauch reicht bei Weitem nicht aus, um mich zu erfrischen, ich spüre, dass meine Wangen rot glühen, ein schwaches Imitat der untergangenen Sonne, es ist wahrscheinlich, dass ich bis in den Ausschnitt hinein rot gefleckt bin, meine Blutkörperchen blähen sich unkontrollierbar auf, dagegen bin ich machtlos. Ich ziehe Schuhe und Socken aus, stelle sie vorsorglich einige Meter entfernt vom Ufer ab, kremple die Hosenbeine hoch, bis zur Mitte der Wade, weiter geht es leider nicht, die Hose ist zu eng, ich hätte mir die Mühe auch sparen können, sobald ich ein paar zögerliche Schritte in den See hineingewatet bin, erwischt mich eine größere Welle und durchnässt den Jeansstoff bis zum Knie. Das Wasser ist erfrischend kühl.

In der Dunkelheit bin ich auf meinen Tastsinn angewiesen, die schwarze Wasseroberfläche gibt keine Hinweise mehr auf die Gegebenheiten darunter, ich setze vorsichtig einen Fuß nach dem anderen auf, immer in Erwartung eines Hindernisses wie etwa spitze Muscheln, Steine oder eine glitschig veralgte Betonplatte. Am Ufer entferne ich kleine Kiesel aus meinen Zehenzwischenräumen und stecke die nassen Füße in Socken und Schuhe, ein weniger unangenehmes Gefühl als gedacht.

Die Benzinkanister hole ich ganz selbstverständlich aus der Gartenhütte und nehme sie mit ins Haus, als wäre es Teil der üblichen Routine, wie zwei explosive Handtaschen trage ich sie links und rechts, nachdem ich das Zahlenschloss an der Tür wieder verriegelt habe. Sie sind ungefähr zu zwei Dritteln gefüllt, das Benzin schwappt hin und her, mein Gang ist zu beschwingt, um die Flüssigkeit ruhig zu halten. Ich stelle sie beim Eingang ab, im Kopf gehe ich die Bestückung meiner Vorratskammer durch, ich sollte etwas essen, aber heute ist nicht der richtige Tag für kulinarische Zerstreuung, ich wähle einfach eine weitere Fischkonserve, diesmal Makrelenfilets in Tomatensoße.

Im Fernsehen läuft ein Tatort, ein übel gelaunter Verdächtiger wird vernommen, er kann nicht der Mörder sein, das sehe ich sofort, es sind immer die kooperativen, nie die sperrigen. Außerdem läuft die Folge seit zwanzig Minuten, das würde auch dramaturgisch wenig Sinn ergeben. Die Kommissarin erregt sich über Gebühr, es wirkt, als wäre sie persönlich betroffen von diesem Fall. Ich mag ihre roten Haare, viel weniger schon die roten Flecken, die die Tomatensoße auf meinem Kaschmirplaid hinterlässt, ich schaffe es heute nicht, die Gabel ruhig zum Mund zu führen.

Es ist nie gut, gleichzeitig mehrere Dinge zu machen, dieser Kriminalfall hätte meine volle Aufmerksamkeit verdient. Der Verdächtige hat zu seinem Nachteil kein gutes Alibi, er sei allein zuhause gewesen, meint er, habe Spaghetti Carbonara zubereitet und anschließend gegessen, am späteren Abend in einem Buch gelesen, nämlich *Antifragile* von Nassim Nicholas Taleb. Er könne auch eine Zusammenfassung des Gelesenen abliefern, sollte dies für die weiteren Ermittlungen hilfreich sein. Das muss er gar nicht, mich entzückt die unüblich konkrete Auswahl der Drehbuchverantwortlichen, denn ich kenne dieses Buch. Seine Kernaussagen sind mir deutlich im Gedächtnis geblieben: Antifragilität erfordert Volatilität, eine ruhige Umgebung lässt Systeme auf Dauer fragil werden. Unvorhergesehene Situationen zu eigenen Gunsten zu nutzen, das macht einen selbst antifragil. Vielleicht ist es ja doch der Mörder, der hier einvernommen wird, ein kalkulierter Überraschungseffekt, der geschickt mit den Sehgewohnheiten der Zuschauer spielt. Danach kommt ein amerikanischer Spielfilm, den ich schon gesehen habe. Noch besser geht es nicht, denke ich, während mir vor Aufregung das Blut in die Wangen schießt.

Ich rubbele mit einem im Wasserglas angefeuchteten Papiertaschentuch auf den Tomatensoßenflecken herum, wohl wissend, dass ich damit die Lage verschlimmere, den unvermeidlichen Zelluloseabrieb betrachte ich mit Befriedigung, es tut gut, irrational zu handeln. Die Flecken sind jetzt größer und orange, ich könnte behaupten, das sei dezenter und somit weniger schlimm, aber ich neige nicht dazu, mir derartiges Versagen schönzureden. Ich habe mein teures Wollplaid nun endgültig versaut, dies akzeptierend beginne ich damit, die kunstvoll verkordelten Fransen auseinanderzudrehen – das wollte ich von Anfang an.

Ich öffne das Fenster und lausche hinaus in die Nacht. Es ist ungewohnt ruhig, keine rollige Nachbarskatze schreit verstörend wie ein Säugling, kein Auto fährt, auch kein Moped, sogar der Wind hat aufgehört zu wehen, der See liegt wie tot vor mir, schwarz und unbeweglich. Mein Badeanzug ist getrocknet seit dem Morgen, ich hole ihn von der Wäscheleine im Badezimmer und ziehe mich im Wohnzimmer um. Meine Kleidung falte ich wie damals als Kind zu einem adretten Stapel, erst die Hose, dann das Oberteil, oben drauf die Socken und die Unterhose, zu Lüftungszwecken, wie die Großmutter stets kommentierte, zwanghaft, als dünstete ich in unerträglicher Intensität aus.

Ich stinke in diesem Moment jedoch wirklich, mein Schweiß riecht ungewohnt scharf, Gott sei Dank lässt der Badeanzug die Achseln frei und dieser Geruch hat die Möglichkeit, bald zu verfliegen, ich habe keine Lust, mich zu waschen, das kostet zu viel Zeit. Vielleicht ist es auch gar nicht schlecht, mein eigener Gestank hält mich wach und konzentriert, wenn die Nase ständig auf Hochtouren gefordert ist, zieht der Rest opportun mit und erhöht meine grundsätzliche Alarmbereitschaft.

Die alten Badeschuhe, deren Existenz mir gerade noch eingefallen ist, sind spröde geworden durch die schlechte Lagerung in der feuchten Badetasche, aber ich zwänge meine Füße erfolgreich hinein und zurre die Kordeln der Neoprensocken fest. Das Schuhwerk sieht derart lächerlich aus, dass ich es mit großer Wahrscheinlichkeit nicht grundlos ganz unten in der Tasche versteckt habe. Über Menschen, die nur in den

See gehen, wenn ihre Fußsohlen maximal geschützt sind, hatte ich mich immer ausgiebig lustig gemacht, ich meinte, den Touristen an ihnen zu erkennen, den durchpräparierten Kleingeist oder verweichlichten Städter, ich habe Badeschuhe jedenfalls nur als modischen Ausdruck einer daueralerten Risikoversicherungsgesellschaft gesehen. Keine Ahnung, wieso ich überhaupt selbst welche besitze. Das passt überhaupt nicht zu mir. Ich kann mich nicht erinnern, jemals welche gekauft zu haben.

Nein, das ist gelogen, ich hatte meine Meinung in einem schwachen Moment kurzzeitig geändert, nachdem ich mir die Fußsohle an einer zerbrochenen Bierflasche aufgeschlitzt hatte und genäht werden musste. Während des Heilungsprozesses haben sie mir gute Dienste geleistet und auch heute freue ich mich aufrichtig über ihre Anwesenheit unter meinen ausrangierten Schwimmutensilien.

In ein Papiersackerl vom Wochenmarkt lege ich jede Kerze, die ich im Haus finden kann, Stumpenreste vom letzten Adventkranz, lange Leuchterkerzen, bei den Teelichtern entferne ich vorsichtshalber die Aluhüllen, weiß dann aber nicht, wo ich sie entsorgen soll, und stecke die Kerzen wieder hinein, eine elende Arbeit, da ich die Aluhüllen in meiner Unachtsamkeit alle verbogen habe. Ich entscheide mich endgültig gegen die Teelichter, ein derartig unrundes Hin und Her erachte ich als schlechtes Omen und packe sie zurück in den Geschirrschrank, werfe ein Feuerzeug in das Sackerl und hänge es mir ums Handgelenk. Die papierenen Henkel schneiden sofort schmerzhaft in mein Fleisch, aber das kann ich jetzt nicht ändern. Im Vorzimmer gehe ich in die Knie, hebe die Kanister rückenschonend an.

Die Haustür ziehe ich nur hinter mir zu, ich sperre nicht ab, das Licht in den unteren Wohnräumen lasse ich absichtlich brennen. Es ist fantastisch, dass mir die Badeschuhe noch rechtzeitig eingefallen sind, wirklich, manchmal sind es die kleinen Dinge, die einem das Leben erleichtern, denke ich, während ich über den Schotter in der Zufahrt gehe. Ich muss aufpassen, nicht zu laut zu sein, nur gedämpft zu knirschen beim Gehen, das Benzin in den Kanistern schwappt gegen die Plastikwände, es gluckert vorfreudig, ein seltsames Geräusch an diesem Ort zu dieser Uhrzeit, es würde jeden zufälligen Passanten sofort irritieren, aber es ist weit und breit niemand zu sehen. Meine direkten Nachbarn sind außer Haus, ihr Auto steht nicht in der Einfahrt, sie sind abends oft lange unterwegs, das ist nicht unüblich. Wenn sie in den frühen Morgenstunden nachhause kommen, sind sie meist so betrunken, dass sie Probleme haben, die Eingangsbeleuchtung anzumachen, stattdessen klingeln sie Sturm bei sich selbst, wovon ich regelmäßig aus dem Tiefschlaf gerissen werde.

Auf der anderen Straßenseite brennt vereinzelt noch Licht, aber die nächsten Häuser sind weit genug entfernt, dass niemand auf meine weißen Beine im schwachen Mondlicht aufmerksam werden könnte, wenn er beispielsweise ein Glas Wasser aus der Leitung laufen lässt und dabei wie gewohnt aus dem Fenster starrt, halb nach draußen, halb in das eigene Gesicht. Ich mag die Vorstellung, dass wir Menschen abends alle ähnliche Rituale teilen, aber dass es trotzdem mindestens zweihundert verschiedene Arten gibt, wie man die aufgeschäumte Zahnpasta ins Waschbecken spuckt.

Meine eigenen Zahninnenflächen fühlen sich rau an, als hätten sie Gänsehaut, ich fahre mit der Zunge über die Backenzähne, nehme mir fest vor, später die

Zahnbürste auf Polierfunktion einzustellen, während ich mich elegant zwischen zwei Elementen des Bauzaunes hindurchschlängle, ohne das kalte Metall auch nur zu berühren. Alles ist unverändert vermüllt, diesmal aber liegen hauptsächlich Plastikplanen herum, aufgeschlitzt und zerstückelt, ich muss aufpassen, dass ich mich nicht in ihnen verheddere, eigentlich eine Schande, man könnte den guten Willen doch schon beim Bau beweisen und nicht erst, wenn das Ökozertifikat dezent gerahmt neben der Rezeption hängt. Die Hotelbetten werden alle aus Zirbenholz gefertigt, die Kopfpolster sogar mit den Spänen gefüllt, das Leintuch mit dem korrespondierenden Duft besprüht, man soll der Natur ganz nahekommen, auch in der Nacht, steht in der Beschreibung des Hotelprojekts, es klingt wie eine Drohung. Wem man in der Nacht nahekommt, entscheidet man im Optimalfall immer noch selbst. Es benötigt ein unerwartetes Allergiedebüt, um dieser Zirbendiktatur ein Ende zu bereiten, aber darüber hat sich offenbar niemand den Kopf zerbrochen, wozu auch, wenn der Schwager des Innenarchitekten im Holzhandel tätig ist. Ich kenne den Lieferanten von früher, ein ausnehmend schöner Mann, wir waren vor Jahrzehnten gemeinsam im Italienischkurs der Oberstufe, er hatte diesen aber vorzeitig abgebrochen, nicht ohne begleitendes Drama, weil sein Vorname auf Italienisch wie ein gebräuchlicher österreichischer Mädchenname klang und die Professorin trotzdem darauf bestand, ihn so anzusprechen. Ach, Simone.

Ich sollte mich besser konzentrieren, im Rohbau verliere ich nämlich sofort die Orientierung, alles sieht gleich aus, ich vermute nur anhand der beeindruckenden Raumgröße, dass ich mich gerade direkt in der späteren Lobby befinde. Oder vielleicht im Spa-Bereich, wer weiß das schon, es ist auch unerheblich für mein Vorhaben. Es riecht nach Nebel, Beton und Zirbenholz, wäre ich eine Parfümeurin, ich würde selbige Duftmischung als »Eau d'autriche« abfüllen. Dass hier offensichtlich eine erwähnenswerte Menge Zirbenholz gelagert wird, erleichtert meine Arbeit immens, ich verwerfe alle Pläne, bin plötzlich fahrig, darf mich emotional aber noch nicht gehen lassen, ich stelle die Kanister und das Papiersackerl in die Mitte, die genau richtig vom Mondlicht erhellt wird, tatsächlich konnte ich mir keine Taschenlampe erlauben. Ich suche die umliegenden Räume und Gänge nach Verpackungsmüll ab, werde überall fündig, die leeren Betonsäcke aus Papier mag ich am liebsten, gefolgt von den unzähligen Kekskartons, ich schleppe so viel ich tragen kann heran und sammle alles auf einem Haufen. Es ist mehr, als ich erwartet habe, ich bin es nicht gewöhnt, dass die Dinge gut laufen, die unerwartete Geschmeidigkeit meines Vorhabens macht mich nervös, manchmal halte ich inne, starr und mit angehaltenem Atem lausche ich in die Nacht und höre nichts. Es ist eine dieser toten Nächte, Liebstatt hat sich erschöpft und schläft.

Den gesammelten Haufen Verpackungsmüll verteile ich nun zu einem großen Oval, der Mond leuchtet matt hinter den Wolken, als ich durch den Dachstuhl in den Himmel hinaufblicke, während ich meine staubigen Hände an den Oberschenkeln abwische. Vielleicht waren die Kerzen eine blödsinnige Idee, es weht jetzt wieder ein leichter Wind, das habe ich nicht berücksichtigt bei meinen Vorbereitungen. Trotzdem stelle ich sie auf, verteile sie intuitiv im Raum und bin erleichtert, dass ich die Teelichter zuhause gelassen habe. Sie hätten mich sofort verraten, denke ich, ein Teelicht ist ja quasi ein Schuldeingeständnis, eine durch und durch weibliche Lichtquelle, klein und handlich, ohne echte Leuchtkraft und schön in Form gepresst. Die mitgebrachten Kerzen sind glücklicherweise allesamt nicht aussagekräftig, entweder rot oder weiß, jeder hier in Liebstatt besitzt solche, nimmt hin und wieder eine Packung im Supermarkt mit, man weiß ja nie.

Um die Stumpen herum drapiere ich weitere Kartonreste, ich suche extra die staubtrockenen heraus, es hat schon länger nicht geregnet und ich werde leicht fündig. Vorsichtig zünde ich die Kerzen an, meine Hand zittert und ich muss lachen über die Klischeehaftigkeit meiner Körperfunktionen, höre aber sofort wieder auf damit, die Akustik in der unfertigen Halle ist dermaßen grauenhaft, ich fühle mich augenblicklich wie ein destruktiver Gnom, das ist meiner kriminellen Gesamtattitüde überhaupt nicht zuträglich.

Noch vorsichtiger schraube ich die Kanister auf, gieße das Benzin in die Mitte des Ovals, werde mutiger, weil nichts passiert, und verteile die Reste bis zu den Kerzenstumpen, danach mische ich die leeren Kanister und das Papiersackerl unter den Verpackungshaufen, ein Fehler vielleicht, meine Hände stinken jetzt nach Benzin, das Feuerzeug behalte ich unschlüssig in der Hand, das habe ich auch nicht bedacht, immer diese Lücken in der imaginierten Realität, es ist ein Werbegeschenk vom Sommerfest des Altersheims vor ein, zwei Jahren, »Haus Lebensglück« steht noch entzifferbar darauf. Ich versuche, den Aufdruck mit dem Daumen abzurubbeln, aber es gelingt mir nicht.

Plötzlich fühle ich mich wie die größte Idiotin in meinem Sportbadeanzug, mit dem altersschwachen

Altersheimfeuerzeug in der Hand, mitten in der Nacht vor einem Scheiterhaufen. Jetzt ist es zu spät, ich bin zwar weit von der Perfektion entfernt, aber viel zu faul, eventuell auch zu trotzig, um das Ganze wieder rückzubauen, nachhause zu gehen und so weiterzumachen, wie es schon die letzten Monate nicht mehr aushaltbar war.

Beim Verlassen der Halle schubse ich plangemäß die zwei größten Kerzen um, das papierene Umfeld fängt sofort Feuer, aber weitaus weniger spektakulär, als ich mir das ausgemalt habe, zwischenzeitlich fürchte ich sogar, dass es wieder ausgeht, eine feuchte Stelle meinen Plan durchkreuzt, daher bleibe ich in sicherem Abstand stehen, wieder erfreue ich mich an den Badeschuhen, hätte ich sie nicht an, wären meine Fußsohlen wahrscheinlich schon zerschnitten und die Baustelle ein blutiges Spurensicherungseldorado. Das Feuerzeug habe ich mir in den Beinausschnitt des Badeanzugs geschoben, es sitzt beruhigend stabil unter dem festen Stoff, ich greife in kurzen Abständen danach, um mich seiner Anwesenheit zu vergewissern.

Ein Auto fährt vorbei, ich ducke mich, obwohl ich unmöglich zu sehen sein kann von der Straße aus, habe Angst, dass der schwache Schein des Feuers bemerkt wird und der Fahrer anhält. Am Fahrstil erkenne ich eindeutig den männlichen Lenker, höchstwahrscheinlich betrunken, weil die leichten Kurven ohne Tempodrosselung genommen werden, durchaus gängig um diese Uhrzeit in Liebstatt. Dafür hat jeder Verständnis, nur hysterische Moralapostel würden sich darüber beschweren, dass der gemeine Liebstätter seine Fahrtauglichkeit nach Bauchgefühl und Hausverstand entscheidet. Heute profitiere ich ausnahmsweise davon, das Auto entfernt sich ohne Auffälligkeiten, genau rechtzeitig, das Feuer hat durch drei, vier kleine, schnell aufeinanderfolgende, beinahe stumme Explosionen an Kraft gewonnen, einzelne Flammen schlagen schon hoch zum Dachstuhl, der sich, obwohl immer wieder neckisch angezüngelt, noch zur Wehr setzt. Eventuell ist das Holz mit einem Brandhemmer eingelassen, denke ich, von der eigenen Expertise beeindruckt, bin aber zuversichtlich, dass es sich nur um eine Frage der Zeit handeln kann.

Die Baustelle ist jetzt um einiges heller als die Umgebung, das Feuer schwillt an und ab, fast gemütlich könnte man sagen, es flackert auf die ihm eigene Art, die jeden Nachbarn bald sanft, aber beharrlich aus dem Schlaf holen müsste. Da träumt man von der Erleuchtung, die Mutter Gottes steht vor dir, umgeben von genau diesem hellen Schein, den man in der Volksschule immer um sie herummalen musste mit gelben Buntstiften, da kannte die Religionslehrerin nichts, eine Mutter Gottes mit weltlicher Optik, verwechselbar mit jeder dahergelaufenen Maria Magdalena wurde gnadenlos im Rahmen des Notenspektrums nach unten bewertet.

Sie spricht zu dir mit weicher Stimme, verzeiht dir den Fehltritt auf der Weihnachtsfeier, es wundert dich nicht, dass sie darüber Bescheid weiß, aber trotzdem wirst du unruhig, wälzt dich im Bett hin und her, die Hand fährt aus zur anderen Seite des Doppelbettes, ja, da ist jemand, hoffentlich hat man nicht geredet im Schlaf, den Namen der kurzweiligen Vergnügung gar laut ausgesprochen. Die Mutter Gottes verschwindet nicht, für eine Erscheinung eher unüblich, denkst du, immer wacher und mittlerweile auch belästigt von dem hellen Licht im Schlafzimmer. Du orientierst dich im Raum, gehst vorsichtshalber zum Fenster und dann rennst du zum Telefon.

Ich erwarte das alles, es stresst mich nicht, aber schön langsam verlasse ich die Baustelle, weiche den Betonmischmaschinen aus, genieße die Kühle und frische Luft der Nacht, aber vermutlich nur, weil ich von innen glühe. Es ist leicht möglich, dass ich in den nächsten Tagen eine beachtliche Erkältung auskurieren muss.

Das Seewasser rinnt sofort in meine Badeschuhe und ich weiß wieder, warum ich normalerweise so etwas nicht trage. Es gibt kaum ein unangenehmeres Körpergefühl als Zehen, die in einer kleinen Menge sich ekelhaft schnell erwärmenden Wassers mariniert werden. Meine Angst vor Pilzbefall wird in solchen Momenten unerträglich plastisch, sehr unpassend für jemanden auf der Flucht, aber ich bin unverrückbar davon überzeugt, dass es ein Pilz und doch kein Bandwurm sein wird, ein Fungus diabolus, der eines Tages den Endgegner der Menschheit stellt.

Schritt für Schritt wate ich hinein ins Wasser, das zehenzentrierte Gefühl verfliegt durch die Beimengung anderer Empfindungen, die Schenkel brennen, der Bauch zuckt und mein Oberkörper ist von einer Gänsehaut überzogen, sogar meine Haarwurzeln richten sich auf, als ich die Sirenen höre. Ich schnuppere an meinen Armen und ziehe die Träger des Badeanzuges zur Nase, offenbar kam der Benzingeruch doch von unten, von den Beinen, ich kann ihn nicht mehr wahrnehmen. Vor mir ragt ein Holzpfahl aus dem Wasser, dunkel und gemeingefährlich, aber der See ist ruhig, ich entscheide selbst, wohin mich das Wasser tragen soll, stoße mich sanft vom schlammigen Boden ab und schwimme um den Pfahl herum, ohne ihn auch nur zu streifen, ich schwimme lautlos, gleite durch das Wasser trotz der hinderlichen Badeschuhe, verlagere die Technik mehr auf die Arme, bis ich ungefähr die Höhe meines Hauses erreicht habe.

Angekommen in meinem Revier entspanne ich mich sofort, fühle nach dem Feuerzeug und der kleinen Lücke in meinem Plan. Sie gefällt mir mittlerweile, diese Lücke, denn sie scheint gut lösbar zu sein, ich atme einmal tief ein und tauche bis zum Grund, fühle nach der Bodenbeschaffenheit, finde nichts Brauchbares. Nach dem vierten Versuch, schon mit leicht angeschlagenem Optimismus, ertaste ich einen Stein in der richtigen Größe und nutze die Gelegenheit sofort, ohne wieder aufzutauchen, ziehe das Feuerzeug aus dem Badeanzug, es sieht sicherlich elegant aus, wie eine japanische Perlentaucherin, denke ich, als ich den Stein anhebe und das Feuerzeug darunter verstecke. Bei jedem Auftauchen ist die Umgebung eine Spur unruhiger geworden, mir die Welt ein Stück weiter entglitten, das Seeufer blinkt von den Blaulichtern, einzelne Männerstimmen dringen bis zu mir, ich verstehe nur Wortfetzen und die klingen mehr nach Menstruationsbeschwerden als nach Löscheinsatz. »Binde« und »krampfen« schallt es über das Wasser, aber vielleicht soll es auch »Krampen« heißen, ich kann mich schlecht konzentrieren, jetzt wo nichts mehr zu tun ist, erschlafft mein Körper.

Ich lasse meinen Kopf halb unter die Oberfläche gleiten, wie ein lauerndes Krokodil treibe ich herum, die Augen weit aufgerissen, durch die Nasenlöcher atme ich langsam aus, das Wasser blubbert beruhigend, nur minimale Bewegungen stören die einsetzende Ruhe in meinem Inneren. Alles ist hell, mein Haus wunderbar beleuchtet von der Seite, lieb und unschuldig steht es da, alle Lichter im Erdgeschoss eingeschaltet, der Fernseher an, in meiner Vorstellung läuft gerade Werbung. Ich drehe mich auf den Rücken, habe keine Lust mehr, das Ufer zu beobachten, es stinkt bis zu mir, nach Rauch und Zirbenholz, aber vielleicht hat sich der Zirbenholzgeruch auch nur dauerhaft in meine Nasenscheidewand eingefressen. Mit langsamen, ausladenden Ruderbewegungen gleite ich immer weiter weg vom Festland, vorbei an den Pfählen, ein verankertes Boot lasse ich noch hinter mir, es ist seltsam real, ich streichle den sanft geschwungenen Bug beim Vorbeischwimmen.

Der Himmel über mir ist jetzt klar, man kann die Sterne zählen, wenn man das denn möchte, ich persönlich hielt es immer für eine nutzlose romantisierte Freizeitbeschäftigung, ich starre die Sterne lieber an und lasse meinen Gefühlen freien Lauf, das fällt im Wasser nicht ins Gewicht, es bleibt so dezent, wie ich mir das gewünscht habe. Der Lärm vom Ufer ist verklungen, auch die Lichtspiele nehme ich nur mehr äußerst schwach wahr. Ich strecke meine Gliedmaßen von mir, als läge ich morgens im Bett, atme tief ein und wieder aus und lasse mich sinken.

Dieser Roman wurde durch ein Projektstipendium des Bundes unterstützt.

www.kremayr-scheriau.at

ISBN 978-3-218-01384-0

Schutzumschlaggestaltung: Christine Fischer
Unter Verwendung eines Gemäldes von shutterstock.com/
Stock_Design/1903472002 und einer Grafik von Vecteezy.com
Lektorat: Senta Wagner
Satz und typografische Gestaltung: Ekke Wolf, typic.at
Druck und Bindung: Finidr, s.r.o., Czech Republic

Gedruckt mit freundlicher Unterstützung durch die Kulturabteilung
der Stadt Wien.

Stadt
Wien